「がんにはなったが幸せだった」

緩和ケア病棟で最後を過ごした中野正三さんの人生の物語

林良彦 著

Parade Books

はじめに

彼は栗城史多《くりきのぶかず》さんのように、動画配信をしながら世界最高峰のエベレストに単独無酸素登頂を目指して人々の共感をつかみ取った有名人でも何でもありません。ごく平凡な高校教師でした。

栗城史多さんは危険を冒してなぜ、山に登り続けたのでしょうか？　遭難した最期の瞬間に何があったのでしょうか？　そして、どんな人生を送ろうとしていたのでしょうか？　その答は2020年開高健ノンフィクション賞を受賞した、河野《かわの》啓《さとし》氏著『デス・ゾーン　栗山史多のエベレスト劇場』という栗城史多さんの人生の物語の中で紹介されていました。

「デス・ゾーン（死の領域）をゆく彼は、輝きに満ち溢れていた。

…中略…

そしてわかった。本当の『デス・ゾーン』は栗城さん自身の中にあった……」

このデス・ゾーンという表題を見て、緩和ケアに携わる筆者の心臓の鼓動が心房細動を起こしたかのように高鳴り、動悸を覚えたのです。

栗城史多さんは、デス・ゾーン（死の領域）を歩んでいました。彼はこれ以上治療の方法が無いと宣告され、近い将来の死を約束されて緩和ケア病棟で生活していました。

栗城史多さんは、すぐ背後に潜む死を意識しているからこそ人々には光輝いているように見えました。彼は死に至る過程を最期の瞬間まで生き抜き、凡事徹底を貫き、彼に携わる人々に多くの感動を与えました。

このように栗城史多さんと緩和ケア病棟で最期への時間を過ごしている終末期患者さんは重なるのです。彼のその姿は栗城史多さんの輝きに勝るとも決して劣るものではありません。死を身近に感じて悲嘆に暮れているはずの日々の中で自分の役割を思い出し、悟りを開いたかのように自分の寿命を受容し、人間として自己成長を続け、穏やかな生活を送っていました。

彼の名前は中野正三さん。

緩和ケア病棟で出会っていなかったら、筆者と関わりを持つ事もなく過ぎ去っていった事でしょう。多くの患者さんの中で最初に中野さんの人生の物語を執筆しようと思い立ったきっかけをさらに紹介します。

2020年春一冊の本を上梓しました。ちょうどコロナによる緊急事態宣言が発出され、不要不急の外出自粛が叫ばれていたため、本屋に出かける事も、手に取って立ち読みする事も出来ない時期でした。この本は緩和ケア病棟で出会った患者さんが亡くなり、死亡宣告し、お見送りした後に、普段なら書かない患者さんのエピソード、思い出を主治医が短く綴ったカルテ記録の最後の部分をまとめたものです。

まだインクの匂いがする本を持って亡くなった患者さんのご遺族宅を1人1人おじゃまして歩きました。どの方々も元主治医の来訪をとても喜んで下さいました。懐かしい話をたくさんする事が出来ました。

その中の1人、筆者の印象が強く残っていた中野正三さんのお宅に訪問した時の事です。奥さんの智恵子さんがご主人のアルバムと一緒に2冊の手帳を見せてくれました。手帳には日々の出来事だけでなく、何と「死の恐怖」と戦う彼の心の中の葛藤を書いていたのです。

「死の不安」、そんな片鱗すら見せずに緩和ケア病棟では、亡くなる2ヵ月前には高校に出かけて「命の授業」に出張したり、亡くなる1ヵ月前にも流れが急な川の中に入り、自作の仕掛けを使ってハエ釣りしたり、担任だった高校の同窓会を病棟内のカフェテリアで開催してもらい、お礼に自ら活魚をさばいてお造りにして提供したりと、緩和ケア病棟の内でも外でも穏やかな良い時間を過ごしていたと思っていました。周囲の人たちに一言も愚痴は言いませんでした。

この手帳を見た瞬間から「死せる孔明、生ける仲達を走らす」事になったのです。4年前に亡くなった中野さんの手帳が、生きている筆者を動かしました。彼の心の中の葛藤を少しでも知りたいと思ったのです。著者には宗教の素養も哲学の知識も十分ではありません。しかしこの葛藤を解き明かす事が自分の使命と感じたのです。

共感を示すコミュニケーションスキルには反復、沈黙などいくつかの技術がありますが、そんな小手先の技術で満足するのではなく、もっと患者さんに対してスピリチュアルの面で対等に渡り合うためには、自分自身の人間力を磨く事が最も重要ではないかと思い始めたのです。

本の完成には知識を持っている人の協力が必要ですし、いつ完成するともわかりません。それでいながら、自分自身の人間力を高めるための修行に出かけようと思います。

2020年晩春　立志

目次

第1章　命の授業　「生きていて良かった」講演会

第1節　2016年厳寒　幕開け

あなたはご存じですか？　緩和ケア病棟で最後の時間を過ごしている患者さんの日常生活を？そして心の中の葛藤を？

この本は緩和ケア病棟で最期への日々を過ごした中野正三さんと、緩和ケア医との魂の交流記です。ある意味、元主治医と亡くなった中野さんとの魂の戦いとも言えるでしょう。決して大袈裟ではありません。なぜなら魂の戦いが終了した時、中野さんの魂に筆者の魂が浄化されたかのように、爽やかな風が流れたからです。清々しい気持ちになったからです。

中野さんは最初こそ死ぬ事を覚悟し、死ぬ準備のために緩和ケア病棟に入院して来たと話していました。しかし実際に入院して緩和ケア病棟で生活してみると、緩和ケアの身になってこそ初めて分る、健常者とは異なる朝陽のありがたさに気づき、毎朝生きている事に感謝しながら目覚め、自己成長を続け、がんを受容し、最期には「がんにはなったが幸せだった」という言葉を残し、家族に見守られながら静かに旅立ちました。

誰に聞いても中野さんの周囲は笑顔に包まれ、穏やかな日々を送っていたと答えます。本人は死を覚悟し、家族は中野さんの死を納得していると思っていました。ところが永眠されて4年後、緩和ケア病棟で亡くなった思い出深い患者さんの記録を書いた自著を携えて中野さんの奥さんの元を訪れた時の事です。中野さんとの思い出話に花が咲く中、奥さんが2冊の手帳を見せてくれました。我々や家族に愚痴一つこぼさず、前述したように穏やかな最期を迎えていたと思っていましたが、手帳の中には彼の死に対する不安や葛藤が、克明に書かれていたのです。

筆者の中に中野さんの姿が鮮明に蘇ってきました。そしてなぜ緩和ケア病棟に入院している時からこの葛藤を打ち明けてくれなかったのかと疑問に思いました。主治医に話しても無駄だとでも思ったのか、あるいは主治医として聴く力が無かったのかと悩みました。少なくとも入院中には、中野さんの心の中の葛藤をキャッチする感性は無かったようです。

そしてこの2冊の手帳が逆に筆者の背中を押してくれました。2冊の手帳を通して、中野さんの人生の物語を振り返ろうと決意したのです。それが自分のためでもあると思ったからです。筆者の感性を研ぎ澄まし、人間力を高める事になれば……　と思いました。「何かを始めるのに遅すぎる事は決して無い」という筆者のモットーにも一致しました。

皆さんには是非この本を手に取って頂いて、少しでも緩和ケア病棟の現場や患者さん、ご家族の生の声を知って欲しいと思います。

こんな生き方もあるのだと!

そして皆さんの中にも爽やかな風が流れる事を祈っています。それでは緩和ケア病棟で最後を過ごした中野正三さんの人生の物語の幕を開けてみましょう。

緩和ケア病棟とステンドグラスに書かれた観音開きのドアから一歩外に出ると、優に50人はゆったりくつろげる広さのラウンジがあります。一般病棟と共有のラウンジですが、そこは患者さんのご家族や見舞客が食事をしたり、時には医療ソーシャルワーカーさんが家族の相談に耳を傾けたりする場所です。４人掛けの机と椅子が約15セット、十分距離を取って置かれてあるだけでなく、壁際には冷蔵庫やテレビ、電話、絵画、書庫なども備え付けられた癒しの空間です。

ラウンジの東側は、２階のラウンジと吹き抜けになっているため、映画館の巨大スクリーンを思わせる大きなガラス窓を隔てて、風光明媚な外の景色が広がっているのが目に映ります。すぐ目の前は畑で野菜を育てており、日々の成長や収穫が見て取れます。その向こうには平屋の家並み、近くの団地など生活感が溢れる光景です。さらにその背景は天面山を中央に山並みが連なり緑いっぱいです。特に、夕方の西日に照らされた山々の緑や畑の景色は神々しいほどです。この景色をゆっくり見られるようにソファも用意されており、景色共々病院らしくない病院を演出してくれます。

3階建ての病院の中でこの緩和ケア病棟は3階東側に位置しているため、もちろん緩和ケア病棟に入院している患者さんも病室の窓からこの風景を楽しむ事が出来ます。外の世界と繋がっている事を感じさせてくれる風景です。

ラウンジ3階の吹き抜けにある手すりから2階のラウンジを見下ろすと、グランドピアノが置かれており、北側の壁面には日中友好の証となる大きな感謝のタペストリーが見えます。これは、中国山東省烟台《えんたい》毓黄頂《とつぷ》医院と当病院とが姉妹病院の調印をしており、中国から医師の研修を受け入れた事から感謝の印として送られたものです。

2階のラウンジでは1ヵ月に1度、音楽会が定期的に行われており、演奏する姿は見えませんが、音色は吹き抜け構造のため3階のラウンジにも直接伝わってきます。緩和ケア病棟の室内にいても出入り口にあるドアを開放しておくと、音楽が楽しめるわけです。院内併設型の緩和ケア病棟の立地としては申し分ありません。

さて、この病院3階のラウンジにある意見箱の中に、ある投書が投函されていました。事務職で開封した結果、この投書は緩和ケア病棟での出来事だと分り、我々スタッフが目にする事になりました。今時珍しく毛筆です。

さあ読んでみましょう。

「私は、1月12日に入院させて頂きました中野正三と申します。お礼が大変遅くなりました。今日ホールでこの投函用紙を見つけましたので、リハビリを兼ねてお礼の一端を述べさせて戴きます。大学病院で総合診療科の吉岩先生から『筆は認知症特にアルツハイマーの進行を遅らせる効果がある』と言われて始めたもので、他意はありません。意見箱が見つかりこんな嬉しい事はありません。嬉しいという負け惜しみに聞こえますが決してそうではありません。私たちは具体的な治療が無くなった緩和ケアの身ですが、この身分は端でみる程みじめではありません。実例を挙げてみますと、朝、眼が醒めますと、健康な人は特に感慨もなく日常生活がスタートすると思いますが、私たちは日常生活が始まる前に生キテイテヨカッタと毎朝よろこんでおります。私たちだけの悦びです。」

この投書が今後の物語の幕開けとなりました。

それではいよいよ本書の主人公である中野さんの登場です。最初は彼が治療不可能な〝肺がん〟の告知を大学病院で受けた時まで遡ります。

第2節　2015年正月　肺がんの告知

中野さんは3度目のがんの告知〝肺がん〟を、2015年に大学病院で受けました。しかも「脳に転移しているためステージ4期、手術は不能で2年の生存は難しい」と言われました。本人は〝食道がん〟〝前立腺がん〟に次いで3度目のがんの告知でしたから、冷静に受け止めたと手帳には書いていました。

しかし告知を受けたその日から中野さんの言動に変化が見えたと、奥さんの智恵子さんが語っていました。だれかれ構わず奥さんの事を「僕の愛する奥さん」と紹介したり、80歳の誕生日を迎えるのは難しいから、全国に散らばった教え子に葉書を書いて同窓会を提案したりしていたそうです。おおよそ緩和ケア病棟に入院する1年前の話です。

この時の中野さんの心境が総合文芸誌「おおの路」2015年第36号P74～P77に残されていました。これを奥さんの中野智恵子さんの許可を得て転載します。

ボケシリーズ（Ⅲ）　終活（1）　中野正三

1）がん再発

昨年の暮れ、定期検診で〝肺がん〟が見つかった。〝食道がん〟から12年ぶりである。肺は厄介であるが初期だという事でさほど心配していなかったが、別府の上人ヶ浜にある病院でPET・CTで精密検査する事になり12月25日に検査を受けた。PET・CTという検査は、X線に反応するブドウ糖を体腔内に入れて、その集合の密度でごく小さいがんも見つける最新鋭の機器で、がんがブドウ糖を餌にして増殖する性質を利用したものである。

結果は年明けの1月5日に入院した折に知らされたが、肺に3ヶ所と腎臓・小脳にも転移があり手術で除去は不可能、抗がん剤の内服治療という事になった。完治は出来ないので延命治療という事である。翌6日に内視鏡手術で肺の検体を採取して精査したところ、がんの種類は様々でしかも極めて悪性のものも含まれているとの事である。難病のため先生方も投薬の種類を決めかねて10日あまり、最初の点滴は1月20日であった。

内服治療であるから、6階の外科病棟から1階の腫瘍内科に移った。6階は新館で綺麗な上、窓からの景観も由布・鶴見に高崎山が一望できたが、1階は旧館の上、窓際に隣館や樹木が密集して薄暗いのである。こんな事があった。朝食を摂っていたのであるが、薄暗いので食事の途中から夕食のつもりになってしまって、つい夕食後の薬を服用してしまったのである。もちろんこれは認知症の症状であるが、一瞬夕方を思わせる景色でTPOが瞬時に狂ってしまったのである。心理学ではTPOを見当識というそうであるが、認知症の症状としては、ど忘れと同じくらい頻度が高いようで、ひどくなると徘徊につながる。

それから前回の入院と大きく変わった点は、まず医療行為の説明と承諾である。折から群馬大のずさんな医療実態が暴露された事もあって印象的であった。次に看護師が大層丁寧で優しいが何か他人行儀で会話に面白味が無い。これは病人の心理状態やプライバシー問題を思うと迂闊な事は言えないから、受け答えが慎重にならざるを得ない。次は食事である。患者は様々な病歴を持っていて食事制限も多種多様で、同室4名の食事が全て別メニューである事が多い。そんな煩雑な中にも細やかな心配りがあって、年寄りには田舎風の和食好みが多い。

かつて〝食道がん〟を患った時は覚悟したが、いやしくも永らえて、その事を本誌に綴って12年になる。9年前には〝前立腺がん〟で全摘した。胆嚢手術から数えると開腹手術は5回に及ぶ事になる。部品のないポンコツ車でよくもまあ生きられると感心している。

でも、今回は年貢の納め時となった。最期まであと何日か判然としないが、今年である事は確からしい。夜中に目覚めると「今生の思い」が彷彿として目が冴えてしまう。

直系先祖はどの位の数になるか計算してみた。1世代を25年として、約2500年前に朝鮮半島から移住して来たとして100世代、直系の先祖は100万人を超える。100万を超える先祖の中で、私が知っているのは父母と祖父母と母方の祖父の5人だけである。祖父母と父の葬儀は私が喪主であった。終戦直後の旧民法下の長氏一括家督相続の時代で、戦死の父に代わって7

才でも惣領としての権利義務があったようである。祖母は憚ることなく、惣領である私を公然と依怙贔屓しておやつや菓子をくれた。祖父は私の弟が出生時に発熱した折、弟を背負って内山観音に願をかけて生命をもらったと思い、いつも弟のお守りをしていた。目覚めると際限もなく昔の事が思い出される。しかもこの思い出は、私以外誰も知らない事なので、私の死とともに永遠の闇に帰す事になるのである。価値は兎も角、唯一無二の記憶である事は確かである。今までもこのような形で100万を超える直系先祖の事蹟が消え去ったのであろう。何か書き残す方が良いとは思うが、全くその気は湧いてこない。

エジプトの厖大な石像遺蹟を見て、「人間の醜悪な生き様が見事に保存されている。それに比べると日本の文化は木と紙の文化だから、ほとんどが無に帰して悪弊を残さないところが見事だ」と言った人がいる。歴史・哲学・倫理・心理等々の学問は近代以降相当に進歩？　したように思えたが、それらの学問が目指す人間社会の幸福という点からその成果をみると、直近の20世紀は2つの世界大戦をはじめ億単位の戦争被害を惹き起す悲惨な結果となり、学問の成果は不幸にしか働かなかったように見えるのである。

日本人にアンケートで尋ねたところ、幸福と答えた人は39％、89％の人が幸福と答えた国はブータンであった。貪瞋痴の三毒に毒されると煩悩の虜になって幸福感が持てなくなる。三毒からの脱却こそが幸福の契機となる。釈迦はまず、自ら王子の身分を捨て、家族を捨てて出家して煩悩の糧を絶った。道教経の中で「食欲や色欲・物欲、さらに妬みや羨望は、本人の努力だけでは克服できない。出家以外に解脱は難しい」と言っている。

一般的には悟りは難しいものであるが、私たちのように病気で「不治」を宣告され、延命治療を申し渡されると、煩悩の殆どは何の意味も持たないで雲散霧消する。「朝に道を聞かば、夕べに死すとも可なり」という位であるから、苦行抜きに安心立命に向かうわけで望外の倖なのかも知れない。

［**筆者解説**］

貪瞋痴《とんじんち》の三毒

全部で１０８ある煩悩の中でも、特に私たちを苦しめ悩ます3つの煩悩の事。

貪とは自分の好む対象に向かって貪り求める心

瞋とは自分の心に逆らうものに対して怒り怨む事

痴とは理非の分らない事、愚痴

2）融通無礙《ゆうづうむげ》

仏教は三毒五戒という形で修行に邪魔なものを示しているが、罪や罰・刑に当たるタブーは示されていない。否、それどころか嘘も方便とか、泥棒にも三分の理とか、人を見て法を説くとか、実態に則して考え方が極めて柔然である。全く泥拘りを感じない。仏教では万物の本質が空や無であり、無常観に立っているので、全てを包括して容認する素地が出来ている。

釈迦は弟子達に出家を勧め、経済活動に従事する事を禁じた。当時、托鉢僧を養うには在家の支援が無ければ成り立たない。つまり出家して地力で修行して解脱するには、数人の支援者を必要とするので解脱者は少ないので小乗とけなされた。2世紀に出た竜樹（ナーガルジェナ）は菩薩の救済力を恃んで、在家でも菩薩信仰で成仏出来るとする大乗を唱え、誰でも解脱出来る道を拓いたのである。

出家僧を支援する在家信者は解脱出来ないで、支援を受ける出家僧だけが解脱するというのに違和感があったが、大乗の出現で辻褄が合った。とともに自力で修行して悟る道で無く、菩薩の救済力を信仰するという安易な道に堕したようでもある。融通無礙の世界だから何でもありで、全てに仏性・只管打坐で成仏出来るとは有難い。その代わり、自分の置かれた状況を是認して不満を持たない事が前提である。ない物ねだりをしない大らかさが必要である。

煩悩の最たるは物欲とした釈迦の炯眼は素晴らしい。キリスト教でもカトリックでは「安く買って高く売るのは詐欺の利潤だ」という事で商業活動を誹謗したが、カルビンが出て人民主権と利潤追求の是認を標榜したので、瞬く間に新興市民層に広がり市民革命の論拠となって市民社会の出現に貢献した。有産市民による経済活動は両者の相乗効果によって産業革命を惹起し、資本主義を拡大して、多業種化・巨大化・多国籍化した。自由平等を標榜した市民社会は、資本の巨大化で格差が著しくなり、不平等感を基底とする軋轢がきびしくなった。

（続）

［**筆者解説**］

融通無礙《ゆうずうむげ》

意見や行動が自由で、何ものにもとらわれずにのびのびとしている事。また、状況に応じた処理や解決を行う事。

三毒五戒

三毒は前出の貪瞋痴、五戒は不殺生・不偸盗・不邪婬・不妄語・不飲酒の事。

緩和ケア病棟で中野さんが約3ヵ月あまり生活して亡くなり、その4年後にこの手記を拝見する事になりました。国語の元教師だけあって文才もすごいのですが、手術不能〝肺がん〟に罹患し、死に対する考え方、心の動きの軌跡が手に取るように分りました。一読してこれは中野さんの人生の物語そのものだと理解出来ました。皆さんもそう思いませんでしたか?

嬉しい事に中野さんの手記は後2つありました。一つは2003年〝食道がん〟になった時、もう一つは2015年〝肺がん〟の治療が終了し、いわゆる緩和ケアの身分になった時です。第3章に紹介するので楽しみにして下さい。

さて、あらかじめこの手記を読んでいれば緩和ケア病棟での我々の対応は、変わっていただろうかと考えました。筆者の答えは「いいえ」です。何も変わらず他の患者さんと同じような対応をしていただろうと思います。なぜなら中野さんはスピリチュアルの深い悩みを我々医療者に言おうとはしませんでした。また仮に何らかの悩みのサインを出していたとしても、筆者にはそれをキャッチするアンテナを持っていなかったからです。

ただ今思う事は、中野さんと一緒にこのスピリチュアルの世界を味わいたかった、腹を割って話し合いたかったという事です。当時の筆者にそれが出来たかどうかは分りません。何もかも中野さんの方が一枚上手だったかもしれません。

だからこそ人間力を高める航海に出ているのです。答はあの世でお茶でも飲みながら中野さんに聞く事にします。

第3節　2016年七草粥　出会い

緩和ケア病棟に入院する前から、既に死の不安を克服しつつあり、煩悩から解脱しつつある事など全くあずかり知らぬ我々は、いつものように心を込めて緩和ケア面談した時が中野正三さんとの最初の出会いとなりました。

中野さんは、緩和ケア面談に来院されるまでの間も、全脳照射という放射線療法を大学病院で受けていました。そして「いずれ必要になるから」と大学病院からの紹介があり、大学病院を退院したその足で2016年1月7日に緩和ケア面談を行なったのです。中野さん本人、奥さん、子供さんを含めた家族全員と時間をとって面談しました。

［**筆者解説**］

緩和ケア面談

緩和ケア面談というのは、緩和ケア病棟への入院に先立ち、緩和ケア病棟の概念を知って頂くために行うものです。患者さんや家族の中には、一旦入院すると退院出来ないと思い込んだり、何も治療してくれないと誤解したりする方も大勢います。また、がん病名や生命の予後予測の告知が有るのか無いのか、現在の心境、思い、希望などを丁寧に聴いていきます。患者本人と家族への告知が違っていたりする事もあるので、時間をかけて行う事が必要です。その上で入棟判定会議を多職種で行い、実際の入院日を決めていきます。我々は緩和ケア面談して入院をお断りした事例はなく、基本的に認知症の方やうつ病の方でも受け入れていました。ただ、家族の方には「付き添いをお願いする事も多々あります」とお伝えしています。

この1月7日の緩和ケア面談で、中野さんの療養の場所は自宅、主たる介護者は奥さん、症状の経過観察は大学病院と2週間に1度の緩和ケア外来と設定して、緩和ケアを開始しましょうと伝えました。同時に大学病院でがんの治療を受けながら副作用の辛い症状がある時には自宅に帰らず、緩和ケア病棟に緊急避難的に入院して頂いても構いませんともお伝えしました。外来の時だけではなく、緩和ケア病棟入院で倦怠感やがん性疼痛のコントロールを実施しながら、中野さんと我々との人間関係を構築していこうと思っていたからです。

ところが実際には、最後の放射線治療が終了して「もう大学病院ではする事が無くなった」と言われ、1月7日に大学病院を退院してその足で緩和ケア面談に来た事が最後になって分りました。あらかじめ郵送されていた紹介状には「いずれ緩和ケアが必要になるから」という事でしたが、こんなに早く最初に面談した時がその時とは思っていませんでした。奥さんも退院したくない旨を大学病院の主治医に訴えましたが、「半ば見捨てられる気分になった」と後から振り返っていました。情報は参考にするが信用はしないと筆者は常々考えていましたが、この場面でも当てはまりました。

ともかく、症状の経過観察も大学病院から離れ、中野さんの命を最期にご家族にお返しするまで我々が責任を負う事になりました。このため、まず1~2週間程度の検査入院をお願いし、1月12日に緩和ケア病棟に入院をする事になったのです。その後は予定通り療養の場所は自宅、症状の経過観察は緩和ケア外来で実施する事にしました。

この中野さんとの出会いの第一印象は、とても落ち着いた雰囲気で死に対する不安など微塵にも感じませんでした。いや、感じさせてくれませんでした。我々に対しても紳士的で穏やかな対応だったからです。その内に秘めた熱いエネルギーがあったと2冊の手帳が初めて教えてくれました。

第4節　2冊の手帳から

ここからは自宅に残されていた2冊の手帳を中心に、中野さんの人生と当時の主治医の思いや医療者との交流を振り返ります。手帳の内容を書き写すにあたり、記載された通りに正確を期しているつもりですが、中野さんの字が達筆な事と、何分にも筆者の知識の無さ、読解力不足の上に老眼が進んで視力に問題があり、誤字・脱字になっているかも知れません。平にご容赦下さい。そして手帳を何度読み返しても辻褄が合わないと思われる部分もありますが、原文のままに書き写す事にします。筆者の注釈を付記する事にしました。また、どうしても解読不能な字や記載できない事項は、「…」で表記しました。

2冊の手帳は2016年1月3日から始まり、3月7日までの出来事と心境とが書かれていました。

2016年1月3日(日)
入院　10回の放射線照射を再開して再入院(近藤、二宮と同室)

2016年1月5日(火)
散髪(医大)　10ヵ月振り　黒髪は殆ど抜けて白髪になった

2016年1月7日（木）

退院。緩和ケア面談の帰りに釣具の三平によって竿を2本買う。ハエ（将平用）5・3mとテンカラ（蚊頭用）3・9mの竿の2本。

今年は暖かいので2月にはハエのかがしらが釣れそうである。

［筆者解説］

かがしら

かがしらとは「蚊頭」と書いて釣りの毛針の一種、あるいは釣り方の事です。1本はハエ釣りの技や仕掛けを伝授したい教え子（将平君）用の5・3m、もう1本は自分用の3・9mです。手帳にはハエと記載していますが、一般にはハヤと呼ばれ、鮠と書きます。ハヤは、日本産のコイ科淡水魚のうち、中型で細長い体型をもつものの総称です。この呼称は動きが速いことに由来するという説があります。

中野さんと初対面の日です。前述したとおり大学病院を退院したその足で来院され、緩和ケア面談をこなしていました。また面談後の帰りには真っ直ぐ帰宅されたとばかり思っていましたが、釣具屋さんに寄っていたのですね。体調は悪くなかった事が推察されます。

手帳から今年の暖冬を考えると2月にはハエが釣れ始めるのでは？　と思いを馳せていた事が分ります。それもそのはず、中野さんは釣りの名手で、釣り雑誌の記者がよく中野さんの下を訪れて記事にしていたほどだそうです。誰も知らないハエの引っかけ釣法の実践のために仕掛けは全て自分で作っていたとも聞いています。余談になりますが、中野さんは海釣りでも名手で、ある日71cmの鯛を釣り上げ喜び勇んで奥さんに電話をしたのでした。ちょうどその頃、奥さんは旦那さんに付き合いきれず、中国の九寨溝《きゅうさいこう》を観光で訪れるために空港にいました。奥さんも喜んで中国から帰国するまで取っておくように頼みましたが、9日後に奥さんが家に帰ると、家の中が妙に荒れて鯛の片鱗も無かったそうです。夫を問い詰めると、隣保班で大宴会して皆で食したそうです。中野さんらしいエピソードですね。中野さんが9日間も大鯛をそのまま保存しておくはずがないとは思いませんでしたか？

さて正月が明けて大学病院を退院すると、自宅に大勢の来客があり、几帳面な中野さんは一人一人の名前と住所とを手帳に書き留めています。

2016年1月8日（金）
松場功喜（三重町……）

古賀和宏（日田市……）
田多寿一（緒方町……）
春藤吉伸（三重町……）
橋本政昭（大分市……）

2016年1月9日（土）
田多正勝（大分市……）
甲斐貴秀（大野町……）
野田豊之進（大分市……）
真名井香織（三重町……）
首藤幸子（大分市……）
山内、高橋

2016年1月10日（日）
園田寿恵（大分市……）
岩下淳子（由布市……）

狭間喜代美（大分市……）

稲葉、神田、佐藤、昭和55年卒業3年5組の同窓会等々。

2016年1月11日（月）

各地で成人式、選挙権の問題もあって一般的にはおとなしい成人式だった。それにしても日本文化のフィーバーぶりには驚かされる。

こうしてしばらく自宅で過ごした後、1月12日に緩和ケア病棟に入院をお願いしたのでした。本格的な中野さんとの交流の始まりです。入院当初は、台所、冷蔵庫、応接間もある広い特別室に入院する事になりました。（差額ベッド、1日、7500円）

終末期の患者さんといえども、中野さんの現状を検査で把握する事は、命を預かる主治医として最低限の義務だという考えですが、短期間であっても入院をお願いした事に、後ろめたい気持ちもありました。しかし、入院後も自宅の応接間にいる時と同じように、来る日も来る日も大勢の来客がありました。自宅にいても入院していても、交流を続ける中野さんの姿に安心感を覚えました。

入院当日の手帳には自分の決意を書いていていました。

２０１６年１月12日（火）
天心堂へつぎ病院緩和ケア病棟に入院
終の棲家、緩和ケアの入院がスタート、エコ医学の立場をしっかり踏まえて、不幸にならない配慮をしなければならない。

これが中野さんの決意文です。どういう意味でしょうか？
もう生きて帰れないかもしれないが、死が訪れるまでは学問の力を借りて不幸にならないような考え方をしようという決意表明だと直感的に筆者は考えているのですが、如何でしょうか？
この考え方が正しいかどうかを2冊の手帳を読み進める事で解明していきたいと思います。

２０１６年１月14日（木）
原田親子、吉久夫婦、松場、後藤恭、由美子お見舞い

２０１６年１月15日（金）
千津さんお見舞い　17日（日）に予定している同級会のお菓子やお皿を準備してくれた。リハ

ビリ（平岡、田中、本城）　ピサの斜塔

［**筆者解説**］

ピサの斜塔をどうしてここに書いていたのか、最後まで分りませんでした

2016年1月17日（日）

今日は三重校生の昭和54年度卒業生の同級会である。総勢13名　松場、古賀、田多、春藤、橋本、田多寿一、甲斐、野田、真名井香織、首藤幸子、園田寿恵、岩下淳子、佐藤喜代美が緩和ケア病棟にそろい、野田の真面目な運営と橋本の軽妙洒脱な司会で楽しい3時間を過ごした。「かぼすぶり」のお造りと沢山のスナック、ノンアルコールとジュース類で皆明るくくつろいで過ごした。本日都合が悪かった連中が近いうちに来るらしいが、皆元気に楽しく生きているので、これ以上の喜びは無い。午前中には暢ちゃん母子が来た。大輔由美子4名が来た。優花が一番恐ろしいけど逢いたい。とりあえず明日は何もない。

この日の同窓会の様子を、我々医療者の目から見ての記録を紹介します。

大きな大分名産「かぼすぶり」を買って来てもらい、中野さんは自分でさばいて刺身を作りまし

た。「お手伝いしましょうか」と奥さんもスタッフも提案しましたが、中野さんは断りました。相当倦怠感があるようにもお見受けしましたが、こういう時はただ後ろで心配そうに見守るしかありません。魚の背から包丁を入れ、腹をさばいて頭を落とします。三枚に下ろすと立派な刺身ができあがりました。（写真1） 舟盛りというわけにはいきませんが、それでもさばいた後のぶりの骨身を下敷きにして、料理屋のような姿作りと見間違わんばかりの立派な刺身が大皿に出来あがりました。

中野さんの仕事はここまでで、後は車椅子に座って「あ〜しろ」「こうしろ」と奥さんに口で命令していました。サンドイッチ、おつまみやビール、ジュースなどの飲み物の準備は奥さんとスタッフが手伝います。この日集まったのは、高校の教え子連中です。教え子の一人である野田さんが音頭を取ってすぐに集合できる14人を集め、緩和ケア病棟で同窓会をしようと提案してくれた結果でした。14人から中野さんに対する感謝の気持ちを込めた同窓会です。先生冥利に尽きますね。うらやましい。

まず中野さんが挨拶します。
そして何やら白板に書き始めました。どうやら中野さんの心境の句のようです。

我が傘寿
惨寿か讃寿？
否馬齢

［筆者解説］
傘寿《さんじゅ》、馬齢

傘寿とは数えで80歳を迎えた長寿の事です。80歳まで生きてきて喜ばしい事なのか（讃寿）、嘆かわしい事なのか（惨寿）、いやそんな事をいちいち考えなくて自然体で、あるがままに生きようとしている事ですね（馬齢）と理解しました。

こうして楽しい宴が始まりました。（写真2）カフェテリアにある椅子、机を総動員しての、そしてカフェテリアを独り占めしての宴会でした。日曜日に行ったので主治医は参加出来ませんでした。後でスタッフが撮ってくれた写真を見ているのですが、皆楽しそうです。中野さんが作った刺身がまず空になりました。

宴が始まった時はまだ日が高かったのですが、終了した時はすっかり日が落ちて窓の外は真っ暗です。宴会の長さがお分り頂けると思います。その事を証明するかのように、中野さんを記録した緩和ケア病棟の写真集の中で、この日の出来事が一番多くを占めていました。14人の大人数ですが、一人一人が代わる代わる中野さんの傍らに寄って来て歓談しています。中にはビールに集中している人もいましたが……。最後には全員立ち上がって歌を歌っています。三重高校の校歌でした。ほとんどの人が手に歌詞カードを持っていました。もちろん中野さんも歌詞カードを見ながら歌っていました。

他の入院患者さんもいる中、このような大勢の同窓会を病棟カフェテリアで出来たのも、中野さんの普段からの付き合いの良さ、広さ、人柄がそうさせてくれたのだと思います。

2016年1月18日（月）

娘が帰って来たので3人で主治医の診断結果を聞いた。脳のがんがほとんど見えない位に小さくなっているとの事。ビックリ。しばらく生き延びそうだ。主治医と万歳する事を真剣に考えないといけなくなった。

甲斐貴秀の竹田南高校かも知れない。

［**筆者解説**］

竹田南高校

竹田南高校というのは、朝起きて「生きていて良かった」という中野さんの感性を伝えて欲しいと、「主治医とのかけ合い漫才」形式でお願いしたところ、その場で返事は有りませんでしたが、後で「漫才」を実施する事になった高校です。教え子の一人である甲斐貴秀さんが教頭を務めていた縁がありました。「漫才」という言葉を使ったのは、講演のように力を入れず、気楽にやって欲しい気持ちから「かけ合い漫才」と称して中野さんにお願いしました

２０１６年1月19日（火）

今日は二宮が干し柿を作って持って来た。大変美しく美味しく出来ている烏帽子柿である。

百枝の百代叔母が死んだ。20日通夜、21日葬儀、香典５０、０００円　正三名義

百代の死　叔母は決して恵まれた人生を幸福に生きた訳ではない。結婚直後に脊椎カリエスに罹り、まともに歩けない70年間だった。嫁ぎ先は裕福な農家で生活に困る事は無かったが、息子の成長を楽しみに懸命に働いてきた。その息子の嫁は不治のがんで闘病中ある。叔母も認知症が相当進んでいたので事態を何処まで把握していたかわからないが、ここにきて我が息子が妻子の面倒を真剣に看るようになって少し安心。私と顔立ちが似ていて兄弟と間違われるほどである。奥さんもうちの家内の運命と同じでかわいそうである。（２０１６年1月17日の欄外に記載していました）

中野さんは、自分の事以上に周囲の人たちの事を心配していたのですね。我々も良く知っている中野さんの優しい一面です。

息子の嫁が不治のがんになって先立たれる叔母さんの心情を思いやると、自分の奥さんの心情とが重なり、自分が亡くなった後の奥さんを思いやって「かわいそうだ」と心情を吐露していました。

２０１６年１月22日（金）

お見舞い　後藤親ちゃんと首藤宏史　千歳の奇特な人は後藤姓が多い。後藤親静、後藤…治、後藤祥哉、後藤正と多彩である。皆一家言を持ち、パーソナリティを発揮し社会貢献が極めて高い。二宮から連絡を受けて宏史も来た。奥さんが身重なのに来てくれた。頭が下がる。

昼からカフェテリアでコンサート。次回のリクエストは「人を恋ふる歌」

２０１６年１月23日（土）

風呂に入った。快適であった。絵手紙を作成。本日の見舞客は由美子、美千子、暢子、宏一、

リハビリは向井さんがバスケットとストレッチをしてくれた。

午後２時からコンサート　ジュニアのフルートとクラリネットの中学生が10曲ほど演奏してく

れた。
　嘉風が負けて七勝七敗　優勝争いも面白い。

2016年1月24日（日）
　今日の見舞客はヨシキの従業員の田多と矢野幸夫であった。二人とも50代の堂々たるもの、高校時代を彷彿させるものは少ないが共に個性豊かな人柄で実に人間性が豊かである。「人と鋏は使いよう」と言うが、二人には何か嵌まればやれる気がするのだが……
　今日から同級会出席者への心経を始めた。1日2枚でも1週間かかる。頑張ろう！

2016年1月25日（月）
　真鍋さんが午前中に来て少し話をしてくれた。看護師さんと人生論や死生観を話したのは初めてながら彼女の人生哲学と仕事に対する真摯な姿勢に心打たれました。日本は捨てたものでは無いと意を強くした次第である。「本院へのアンケート」を見つけたのでリハビリを兼ねて黒書で礼状を書いた。本当にすばらしい病院である。

［筆者解説］

真鍋さん

真鍋さんの事を看護師と間違えていますが、真鍋さんとは医療ソーシャルワーカーで当院の職員です。真鍋さんも元教師で、素晴らしい緩和ケアの感性を備えていると筆者は思っています。

巻頭の幕開けに紹介した投書を中野さんが書くに至った経緯は以上の如くだと分りました。この投書を読んで主治医は中野さんに対して気軽に次のように言いました。

「朝の目覚めのありがたい今の気持ちを誰かに伝えませんか？」

「何も難しいことはありません。何も準備する必要はありません。ただ主治医との『かけ合い漫才』のような対談をすれば良いのです。外来と同じ感覚でお願いします」

特に中野さんから積極的な返事は得られませんでしたが、後になって看護師さんが、その時から中野さんの目つきが変わったと教えてくれました。どのように変わったのでしょうか？　死ぬために緩和ケア病棟に来た意識から、死の不安を問わなくなる時間が増えたとしたら、こんなに緩和ケア医冥利に尽きる事はありません。〝肺がん〟という病気は解決する事は出来ないのですが、その事を問わなくなり〝肺がん〟を解消する事になるからです。身体は病気に冒されていても、心は病人では無くなるからです。

この何気ない提案が中野さんに対する最大の緩和ケアとなった事は後で分りました。

物事がうまくいく時は、いろいろな偶然が重なる事が多いものです。実際には、

①中野さんは元高校の教師であった事

②教師時代の教え子に現高校の教頭先生をしている方がいる事

③教頭先生に「命の授業」の話しをして教頭先生が前向きになってくれた事

④がん性疼痛のコントロールがつき、体調が整えられた事

という偶然（必然？）が重なりました。

そこから話はトントン拍子に進み、ついにがん患者さんによる命の授業が実現する運びとなりました。ただ奥さんだけはあまり気乗りがしない様子でした。一番気になったのは旦那さんの体調の事ですよね。それとも高校生が理解出来るような話が出来るかと心配したのですか?

さて、「命の授業」は実施が２０１６年2月5日と決まりました。それまでまだ日に余裕があるので先に手帳に戻る事にします。

2016年1月26日（火）

本日マドモアゼル椋鳥さんが由美ちゃんの案内でお見舞いに見えた。相変わらずの才媛美貌ぶりである。昨年は旦那さんが大変だったが快癒して良かった。

今日は看護師さんが尋ねに来られて便通と痛みを聞いてくれた。便は少し出たが完全でなく残っている感覚がある。痛みは無くなって快適。味覚が戻れば何よりも嬉しい。

（お見舞い客の追加）三浦正吉さん

2016年1月27日（水）

本日のお見舞い客はなんと大野高校時代の食化の生徒だった大塚久美（住所……）と阿南裕治（住所……）の二人だった。今日は同窓会でついでの見舞いと言っていたが、担任でもない教員の見舞いに来る奇特さに驚いた。というより妻が久美としんけんに離婚をまとめた事によると思われる。すごい事である。

リハビリの田中さんから手紙をもらった。絵手紙を返した。

2016年1月28日（木）

本日の見舞客は房前家の従妹　信子、洋子、茂昭の3人でお茶菓子を沢山もらった。色紙もあったので何かデザインして画かなければならない

広瀬淳ちゃんお見舞い（いちご）区長で多忙な中　吉田の事も連絡あり　古川夫妻と優花が来た。元気で精一杯生きる気が湧いてきた。

明日は一応の退院。頑張りましょう！

主治医としては、このまま緩和ケア病棟を終の棲家にするつもりはありませんでした。入院の直接の目的となった検査が終了し、身体的な面で中野さんの事が把握出来た事と、がん性疼痛、全身倦怠感のコントロールとが良好になったため、改めて自宅退院を勧めたのでした。ただし、症状が増悪《ぞうあく》すればいつでも直ぐに再入院が可能な事を保証し、地域の医療資源を最大限活用する事を説明しました。

この初回入院で、中野さんやご家族と緩和ケア病棟のスタッフとの交流を深める事が出来ました。

2016年1月29日（金）退院

一時退院。午前7時起床　心経「清水」スタート　認知症のおかげですぐ記録する必要を感じた！　雄山先生来室　ありがたい。緩和ケアの立場から言うと、

「生きているという実感は健康の人より強く喜べる。何故なら『人は死すべきもの』と引導を渡されているので、目覚める時に『生の悦び』を実感出来る」

と言ったら納得してくれた。

4:30 帰宅　家は気分別格

［筆者解説］
雄山《おやま》先生
雄山先生とは13年前に中野さんの〝食道がん〟を診断してくれた先生の事です。〝食道がん〟の治療以外の事は何でも相談出来る中野さんにとって家庭医のような存在です。

2016年1月30日（土）
「目覚めのよろこび」　目覚めは眠りによって失われた知覚が翌朝には戻っている。これを毎日繰り返している事になる。その度に緩和ケアの患者は味わう仕組みになっている事に気づいている。この事は、健常者の精神状態よりかなり高い幸福感につながる。
すべての学問学が「人間幸福学」であるならば……

入院当初の決意文を連想させる事柄が書かれていました。この日の記述はとても分りやすく理解できました。
ただ、気になる文章もありました。それは「すべての学問学が人間の幸福を追求するもの、探求するものであるならば」という仮定条件です。緩和ケアの身分となり、学問によって幸福になろうと考えていた中野さんの葛藤がここでも見て取れます。なぜならば学問が発達した20世紀初頭でも、２つの世界大戦を避ける事が出来ずに不幸になって死んでいった人たちが大勢いたからです。ひょっとしたら学問によっても幸福にはなれないかもしれないと考えていたのでしょうか？

２０１６年１月31日（日）
竹田南高校への道
明日は講演する高校までの道順を子供が案内してくれる事になった。「生きていてよかった」の講演は絶対成功させなければならない。周辺の協力がすばらしい。日本人の本心の真ん中にあるのは誠意ではなかろうか！
美千ちゃんと由美ちゃんが寿司を持って掃除に来てくれた。
峰ちゃんの戒名は釋峰光　49日（来月11日）に法事を行う。

自宅退院中に講演を行う竹田南高校の下見を行っていました。これも元高校教師らしいエピソードですね。

2016年2月1日（月）
鶴高41年度卒（68歳）の飯沼、岡、三浦の3人が見舞いに来た。3時間近くも認知症に付き合ってくれた。
奈保子からコーヒー、ヨーカン、味噌が届いた。美味しかった。

2016年2月2日（火）

忠義先生お見舞い　忠文先生と碁の話をした事を話し、勝負を度外視して楽しもうと提案した。

岩切先生が再びお見舞い　栗林先生の心経を渡した。

6日の宇目の会に出席したいのは山々であるが……

葛城君が快々とした生活気分のようで気になるが……　手紙で元気づけてみるか。

2016年2月3日（水）
「節分」　二十四節季の太陽暦による古暦の新年である。日本の農業を中心とする様々な季節行事が盛り込まれているので節季は大変貴重である。

2016年2月4日（木）

「立春」　暖冬という割には梅の花が遅く今、小梅が満花を迎えている。

今年は豊作？

大輔親子が来る。遺教経現代釈を勧める。

［**筆者解説**］

遺教経《ゆいきょうぎょう》現代釈

遺教経とは釈尊が80年の生涯を終わる時、仏の教えを簡潔に説いたいわば釈尊の遺言ともいえるお経の事。まず、戒律を守る事を開口一番述べ、出家者として自覚し、正しい生活規範を守るべき事、これが仏道を歩む前提となります。続いて五根（目・耳・鼻・舌・身）や心を統御すべき事、後半では八大人覚の教えが説かれています。簡単に言うと果てしない欲望に振り回されず、満ち足りた生活をし、静寂を求めて、修行に励み、仏の正しい教えを肝に銘じ、瞑想を実践し、真実を捕らえる知恵を得、不毛な議論はしないという内容です。

第5節　2016年2月5日　命の授業「生きていて良かった」講演会

講演会の様子は後に譲り、ここでは「命の授業」に臨む中野さんの心構えが手帳の余白部分に書かれていたので先に紹介します。

我々は「命の授業」と命名していましたが、中野さん本人は「生きていて良かった」講演会と考えていたようです。「何も準備はしなくても構いません、主治医と対話するだけです」と軽い気持ちで言ったものの、講演会に臨む中野さんの決意は軽い気持ちなど全く無く、入念な準備をしていた事が手帳を振り返ると分りました。何を高校生に伝えようかと真剣に悩んでいる様子が見て取れました。そして内容は三つのがんを体験し、漢和ケアの身となって中野さんが獲得した仏教、儒教、哲学的な死生観の世界となり理解が難しくなっていきます。学問の力を借りて穏やかな心になろうとする中野さんの真骨頂ですが、高校生には難しいかも……　と思いました。筆者にも分らないのですから。

（手帳の余白部分から）

①自己紹介：13年前の食道がん　↓　余命35％　↓　食道全摘手術　↓　延命　↓
前立腺がん　↓　肺がん・腎臓がん　↓　小脳がん　Stage4で手術不能と告知
ヘコンダ過去があったため意外に冷静に受け入れた。
「生きていてよかった」
　朝、目覚めの瞬間の心境（座禅・写経）
　死　↓　予告　↓　目覚めないかも……
　生きて目覚めた！　このよろこびを解ってもらえるのはかなり難しい。
②ダーウィンと自他不二
医者　仏教に「自他不二」という言葉がありますが、エコロジー（生態系）の世界は熾烈な生存競争を経て共存関係に至る。戦争＞平和の世界で、現実は理想通りにいかないものです。
僧　生態系のどんな働きですか？　免疫です。99％免疫です。
　その免疫力は自他にあるのでしょう?!　ならば自他不二じゃないですか！

［**筆者解説**］
ダーウィンと自他不二

ここは中野さんの手帳の中でも心の中を現わした核心部分に当たります。高校生に分りやすく伝えようとして自分の考えを整理した事が見て取れます。詳しい事は、「第3章　第2節　2015年秋　緩和ケアの身」、「第4章　七転び八起き　暗中模索しながら2冊の手帳とともに」、に譲ります。この章を参照してください。

（別の日の手帳の余白部分から）

①生きていてよかった　↓　食道がんの経過　（アルツハイマー認知症の進行を経て）↓　前立腺がん　↓　肺がん　↓小脳・大脳転移

②緩和ケアの実態の紹介

治療方法がない　↓　延命治療　↓　治療方法なし　↓　絶望？

↓朝の目覚め……　健康、感謝、平和　↓　生きている実感、ヨロコビ

③がんと免疫力との関係

がん＝身内の細胞ががん化したもの

↓　がんには免疫力が働かない　抗がん剤を攻撃

↓　エコリズムは戦争で共生は平和である　エコロジーは戦争と平和のテーマ

④自他不二　↓　梵我一如

自己保存　↓　攻撃（戦争）

種の維持・発展　↓　共生・協力（平和）　これこそ梵我一如

免疫は外敵を攻撃　↓　共生・協力を放棄　＝　本能　＝　無意識

＝　智情意（意識の種類）、真善美（意識の価値）、喜怒哀楽（三毒）

すべて受け入れてこそ梵我一如

⑤自己保存　外敵攻撃　戦争　平和　共生・協力

煩悩　：　三毒　：　貪瞋痴　＋－ゼロ

1～2回読んだだけではさっぱり意味が分りませんでした。これを高校生に話そうというのですか？

［**筆者解説**］

免疫とがん

がんが完全に外敵なら自分に備わっている免疫機能ががんを攻撃してくれる。しかし免疫はがんを攻撃する事はなく、がんは身内の自分を攻撃し続ける。逆に免疫はがんを攻撃してくれる抗がん剤を外敵とみなして攻撃する。頭では理解出来ないこの事実を自然界の大きな観点（エコ）から理解しようとしていたと思われます。

エコ医学

2月12日の記述にもありましたが「エコ医学の立場をしっかり踏まえて、不幸にならない配慮をしなければならない」このエコとは何でしょうか？

一般的にエコから思い浮かぶエコツーリズムという言葉を環境省の推進会議を覗いてみます。ただし、中野さんの考えているエコとは異なるかも知れません。

エコツーリズムとは、地域ぐるみで自然環境や歴史文化など、地域固有の魅力を観光客に伝える事により、その価値や大切さが理解され、保全につながっていく事を目指していく仕組みです。観光客に地域の資源を伝える事によって、地域の住民も自分たちの資源の価値を再認識し、地域の観光オリジナリティが高まり、活性化させるだけでなく、地域のこのような一連の取り組みによって地域社会そのものが活性化されていくと考えられます。取り組みを進めていく事で

①私が変わる　自然の美しさ、奥深さに気づき自然を愛する心が芽生え、地域環境問題や環境保全に関する行動につながっていく。

②地域が変わる　地域固有の魅力を見直す事で、地元に自信と誇りを持ち、生き生きとした地域になる。

③そして皆が変わる　私たちの自然や文化を守り未来への遺産として引き継いでいく活力のある持続的な地域となる。

まさに今、私たちが未来のために出来る取り組みの一つです。

つまり中野さんはエコの大いなる自然との共存（がんとの共存）を目指していたのではないでしょうか？

まだまだ続きますが、中野さんが講演会で高校生に伝えようとする内容が難しくなり、繰り返しますが筆者には即座に理解する事が出来ません。中野さんの手帳を全て読んだ後に総合的に判断する事が必要と思われます。後述の「第４章　七転び八起き　暗中模索しながら2冊の手帳とともに」に記述しているので参照して下さい。

「命の授業をしましょう」と気楽に言った一言が、有機的にも無機的にも中野さんに影響を与えていた事などつゆ知りませんでした。そしてこの一言がきっかけになって中野さんの眼が生き生きしてきたと、後で看護師さんが言ってくれたのは前述したとおりです。奥さんには「わしはまだ死なんのナ」と喜喜としながら話して、「自他不二」の意味を模索し続けていたそうです。

そんな事は知らない主治医は、高校の受け入れ準備を教頭先生にお任せしました。ありがとうございます。現地への移動は車2台、1台は中野さんと主たる介護者である奥さんとが自宅から高校へ、もう1台は主治医と取材目的を兼ねて医療ソーシャルワーカーの西村さんとが、病院から高校へ向かいました。

当日は寒い2月の朝でしたが、幸いに雪も積もらず往く道筋も凍結せず、晴天に恵まれました。南国大分のイメージがあるかも知れませんが、大分県の内陸に位置する竹田市は冬になると容易に凍結するのです。

物語は脱線しますが、ここで高校のある竹田市を竹田市役所のホームページから紹介します。竹田市長の首藤勝次さんと筆者との縁です。不要な方は飛ばして読んでもらっても結構です。

歴史：戦国時代に志賀氏が岡城に入城後、豊臣秀吉の天下統一の頃に中川氏が移封し、竹田村に城下町を造成しました。その後、商業を中心として発展し、西南の役によりその多くを消失したものの、現在でも市内中心部には、武家屋敷通りなどの古い面影を多く残しています。

「竹田市」の歴史は、昭和29年3月31日、10町村の合併に始まります。当時の竹田町、豊岡村、玉来町、松本村、入田村、嫗岳村、宮砥村、菅生村、宮城村、城原村の合併により市制が施行され、その後、昭和30年7月に大野郡緒方村から大字片ヵ瀬が編入。平成17年4月1日には、荻町、久住町、直入町と合併して新しい竹田市が誕生しました。

位置・地勢：大分県の南西部に位置し、くじゅう連山、阿蘇外輪山、祖母山麓に囲まれた地にあります。東は豊後大野市と大分市、西は熊本県、南は宮崎県、北は九重町と由布市（庄内町）に接しています。また、河川では大野川の源流を有しており一日に数万トンの湧出量ともいわれる湧水群を誇る、水と緑があふれる自然豊かな地域です。山々から湧き出る豊かな名水は、全国的にも知られ、下流域の多くの人々の生活を支えています。本市では、こうした大自然の恵みを活かした農業や観光が基幹産業となっています。

交通：竹田市の道路交通網は国道57号、４４２号、５０２号の国道を中心に、県道や市道が市域全体をカバーするように形成されています。幹線は国道57号で、大分市、熊本市の両県都を結び、九州の東西を連結する道路となっています。また、国道４４２号は、大分市と久住、小国町を経て大川市を、国道５０２号は、臼杵市から豊後大野市を経て竹田市を結ぶ広域的な道路となっています。竹田市はこれらの国道の中間点として、また近隣の市町村を結ぶ主要地方道の道路交通網の拠点として、重要な位置にあります。

一方、鉄道は大分と熊本を結ぶＪＲ豊肥本線が走り、ここでも中間点の役割を果たしています。

産業：広大肥沃な大地や豊かな草資源、夏季冷涼な気象条件を活かした農業と、自然だけでなく歴史や文化にも触れ合える観光が盛んです。

農業は米を中心に、大分県の特産品であるカボスや椎茸、トマトやスイートコーンといった野菜、サフランをはじめとする花き、肉用の豊後牛などを生産しています。

観光では、岡城跡、武家屋敷、瀧廉太郎記念館などの史跡や文化財、絶え間なくこんこんと湧き出る竹田湧水群や白水の滝などの名水、さらには日本一の炭酸泉といわれる長湯温泉、開放感あふれる雄大な久住高原が訪れた人たちを魅了しています。中でも久住の花公園は、大分県を代表する観光施設として知られています。

以上となりますが、皆さんには和太鼓集団「ＤＲＵＭ ＴＡＯ」の本拠地がある所と紹介した方が分りやすかったかもしれませんね。

再び「命の授業」に戻ります。

授業開始30分前に現地で中野さんと合流しました。その足で高校の受付に伺い、応接室で教頭先生を含めて最後の打ち合わせを行いました。

がんの話をしますが、生徒の中にがんに罹患している人、あるいは家族が最近がんに罹患した生徒はいませんか？　がんの教育はどこまでしていますか？　何か生徒にがん教育で強調して欲しいと思う点はありますか？　などを質問しました。がんの知識が少ない生徒、がん＝死という考えの生徒たちに対する配慮が必要だからです。幸いにも特段に気を配る必要がある生徒さんはいませんでした。

この打ち合わせの席で、中野さんの口数は少なかった事を覚えています。中野さん、何も考える必要はありません。ただ病院の外来と同じように、病気の話を聞いていくだけです。中野さんは緊張なんかするはずがないと思っていましたがまさか……　後でこの心配は杞憂に終わる事が分ります。

打ち合わせが終了し応接室から講演の行われる体育館まで皆で歩いて行きました。中野さんも歩いて行きました。ゆっくりでしたが酸素を吸う事もなく歩く事は出来たのです。体育館に着いてみると、広い体育館の中に80人ほどの生徒が集められ、整列した状態で冷たい床に体育座りしていました。みんな好奇の目でこちらを凝視しています。歩く方向に顔も眼も動いていました。体育館の前方にはストーブが2台用意され、その間に椅子が2脚と机が置かれていました。机の上にパソコンをセットして、スライドを前方のひな壇の奥のスクリーンに映し出す準備をしました。前方右側には長椅子があり、我々の待機場所となっていました。

スライドの準備が完了し、待機場所に座って落ち着いたところで周囲を見回したところ、前方右手には教師陣、後方には中野さんの奥さんを含め十数人の父兄たちが陣取っていました。生徒と合わせ総勢100人ほどが体育館にいた事になりますが、人数の割に体育館はざわめきもなく静まりかえっています。一体何が始まるのだろうと好奇心一杯のようでした。ひな壇の右手には大きな垂れ幕があり周囲は金で刺繍されています。「命の授業　～命の大切さ、ありがたさを学ぶ～　中野先生　平成二十八年二月五日　於：稲葉学園　竹田南高等学校」（写真3）と書いていました。あ～ありがたや、教頭先生。持つべきものは教え子ですね。この環境を見るだけで教師時代の中野さんの生き方が見えてくるようでした。

更に目をやると、体育館の2階の大きな窓にはカーテンが掛かっており、カーテンを通して中野さんの大好きな朝陽が、ステンドグラスのように体育館のひな壇を照らしています。前方の右手高い位置にある時計は午前10時を指しています。

こうして静かに対談は始まりました。ストーブはあるものの体育館の中は寒いので、2人ともダウンコートを着たまま話を始めました。

簡単な自己紹介の後、まずは中野さんの既往歴の問診からです。

が、その前に生徒の関心を引くように（講演会に参加し、退屈させない目的で）主治医から質問して生徒さんに挙手してもらいました。

主治医　今からがんという病気の話をしますが、がんという病気を知っていますか？　知っている人は手を挙げて下さい。

生徒さん　ほとんどの生徒さんが挙手

主治医　自分や家族の人ががんにかかっている人はいませんか？　手を上げなくても構いません。（再確認）

生徒さん　……（手は上がらず）……　ありがとうございます。

主治医　では将来自分ががんにかかるかも知れないと思っている人は？

生徒さん　ごく少数の生徒さんが挙手

主治医　ありがとうございます。皆様のがんに対する認識度が分りました。それでは対談を始めます。

主治医　中野さん、今までどんな病気にかかったかを教えて下さい。

中野さん　今は〝肺がん〟で緩和ケア病棟に入院しています。それまでにも〝食道がん〟〝前立腺がん〟を体験しました。緩和ケア病棟に入院しているのは〝肺がん〟の治療方法が無くなったからです。

生徒さん　少しざわめく。

主治医　〝肺がん〟の治療方法が無くなったというのは、〝肺がん〟が良くなって、もう治療する必要が無くなったという意味ですか？

中野さん　いいえ！　〝肺がん〟は身体に残っていて、がんに対する有効な治療方法が無くなったという意味です。

生徒さん　……　沈黙　……

主治医　分りました。〝食道がん〟と〝前立腺がん〟は克服されたのですね。そして3度目の〝肺がん〟で治療してきたけれど、「もうがんを治癒する治療法が無い」と言われたのですね。

生徒さん　……　沈黙　……

中野さん　……　そうなんです。

ここからがすごかった。講演が始まって5分とたっていません。昔取った杵柄で、あっという間に現役の高校教師の姿となりました。中野さんの独演会の始まりです。主治医の出る幕はありません、というか出させてくれそうにありません。

中野さんが両手を広げて生徒に訴えかけ持論を展開し始めました。（写真4）

中野さん　皆さんは朝が迎えられる事をどう思っていますか？
　私は目が覚めると、今日もまた新しい命を頂いた、という気持ちになります。そうして気持ちを新たにし、今日を精一杯生きようと考えます。なぜなら、眠ってしまったら二度と目を覚まさない私が、もう直ぐそこにいるからです。

（それでも主治医は話をさえぎりました。ごめんなさい。これが最後です）

主治医　皆さんは朝起きたらまず何を考えますか？
生徒さん　……　今日の朝ご飯は何かな？
主治医　答えてもらってありがとうございます。この生徒さんに拍手をお願いします。
会場　パラパラと拍手
主治医　ではこの中に朝の目覚めが嬉しいと感じている人はいますか？
生徒さん　……　手が上がらず　……
主治医　中野さん、生徒さんの意識はご覧の通りです。朝の太陽より朝ご飯の方が気になるようです。

中野さんは我が意を得たりとばかりに、準備していた現在の心境を語り始めました。すごい勢いです。朝陽の話は分りやすかったのですが、現在の心境の話は高校生に難しかったのではないでしょうか？　そのまま紹介します。

中野さん　白板に板書（教え子の教頭先生が心配そうに白板を覗きこみます。）
医者　禅語で「自他不二」という言葉がある。自然界ではない。
和尚　免疫が両者にあるなら「自他不二」だ。

これを皮切りに仏教の深い話を熱心に、情熱的に語りかけます。手帳に書いてあったとおりでした。

奥さんはまた自他不二の話が始まった、止めさせなければ…　と思ったそうです。が、中野さんは我々の心配をよそに一切構わず持論を展開していきました。

もう中野さんの体調を心配する主治医の姿はありませんでした。とても生命の予後が限られ、緩和ケア病棟に入院している人の顔の表情ではありません。眼をキリッと見開き、しっかりと自分の人生を見据え、惚れ惚れとする表情でした。（写真5）体育館の空気を中野さんが独占した瞬間でした。後方の奥さんの眼にキラリと光るものがあったような気がします。

緩和ケアとは、生きる事を最期まで支える事です。中野さんは死を覚悟して入院したのだという気持ちだったと思いますが、命の授業は、自分の役割を思い出し、自己成長していると主治医が実感した瞬間でした。

中野さんが現在の心境を仏教的に説明する講演内容は難解で、主治医も初めて聞いた話でした。内容を即座に理解出来ないため、言葉の意味や真意を明らかにしようとする質問すら出来ませんでした。恐らく高校生も教師も父兄も理解出来なかったと思います。中野さんの話が一段落したところで、ごまかすように主治医が白板に板書を始めました。話の流れが繋がっているか心配でしたが、お構いなく始めました。

主治医　辛いの「辛」という字を思い浮かべて下さい。（白板に板書）
つらいですよね。でもじっと耐えて辛抱していると横棒が一本加わります。何という字になりましたか？

会場　……周囲を見回すが反応なし……
主治医　「幸（しあわせ）」という字ですよね！
でも幸せの上にあぐらをかいているとすぐに横棒が一本消えて「辛」の字に戻ります。
「辛」と「幸」は紙一重、表裏一体です。つらさはいつまでも続くものではないと考えて下さい。
中野さん　拍手
生徒さん　パラパラの拍手

主治医の名誉のために、この部分が印象に残ったと生徒さんの感想があった事だけは付け加えさせて下さい。

こうして主治医の準備しておいたスライドが日の目も見ず終了しそうになりました。
スライドのタイトルと内容は次の通りです。

「がん末期患者さんと死を考えることで、生命の尊さを学ぶ」
①死亡数の年次推移

②死因別死亡割合
③大分県のがん部位別死亡割合
④生涯でがんに罹患する確率
⑤サマセット・モームの言葉（人間の死亡率は１００％）
⑥心の通うコミュニケーションスキル
ＳＨＡＲＥ-ＣＳＴ（日本サイコオンコロジー学会）
教育研修ワークショップ（日本死の臨床研究会）
ＥＬＣ（エンドオブライフケア協会）
⑦尊厳とは
⑧緩和ケア病棟での生活の様子
⑨良き死とは？
⑩良き生とは？
⑪緩和ケアとは？
⑫我々の目標

主治医がスライドを使って講演で言いたかった目的の一つは、がんの知識を教える事よりも、がんに罹患した終末期患者さんががんとどう向き合ったのか、その心構えを学ぶ事にありました。その学びを通して生徒さんが自ら命の大切さに気づき、自分らしく生きる事に繋がると思ったからです。既に体育館の場を支配していた中野さんの講演で、彼の心構えを必死に聞き漏らすまいと聞いている生徒さんには、主治医のスライドは蛇足でした。中野さんの話だけで十分「生きていて良かった」事、命の大切さ、残された命を何に使うのが大切か、すべて伝わっていたと感じていました。文字で学ぶより肌で感じて学んだ事の方が心に残ります。

同じ理由で本著でのスライド内容の説明も省略します。機会があればまた紹介させて下さい。なにしろ中野さんと戦うためにはこちらもコミュニケーションの理論武装が必要ですから。

講演の最後に質問タイムを設けました。様々な質問が出ましたが中野さんの答えを一つだけ紹介します。

質問者　高校内でいじめをなくす方法はありますか？　中野さんはどのように考えていますか？　（教頭先生の質問だったような気がします）

中野さん　ナルシストになりなさい！

主治医　（心の中で「エッ　どういう意味だろう？」と思うと同時に「ホッ　同じ質問を振られなくて良かった」と安堵しました。）

これもまた中野さんの答の意味が不明でした。後になって高校のホームページに掲載された文章から理由が分りました。何と人間力の無い、知識も無い主治医な事か！

だからこそ人間力を高める航海に出ている事は前述したとおりです。読者の皆様があきれる事無く、読み続けてくれる事を祈ります。

こうしてあっという間に予定していた講演時間は終了しました。

2人の講演が終わると、生徒会長さんからお礼の言葉を頂きました。この時は中野さんも主治医も2人とも、直立して挨拶を受け取りました。

次はかわいらしい女子高生から2人に花束贈呈です。もちろん記念写真も撮りました。まあ何とその時の中野さんのにやけた顔！（筆者もそうなのですが…）この時の写真もありますが、中野さんと筆者の名誉のため二人だけの秘密にしておきます。

そして中野さんの奥さんからも言葉を頂きました。

「ヒヤヒヤしてどうなる事かと思っていましたが、無事に終了して良かったです」

いやいや、途中で中野さんの話を遮る事はとても出来ませんでしたし、朝の目覚めの話も十分生徒さんに伝わったと信じています。自分も傾聴するだけでした。

最後に教頭先生の言葉がありました。中野さんの講演が感動的だったため、正直ほとんど耳に残らなかった事を白状します。

講演が終わり、中野さんが車椅子に乗って退出しようとすると、登壇時には力を貸してくれなかった生徒さんが大勢集まって、車椅子へ移乗するのを手伝ってくれました。そして車椅子の周囲には、これまた多数の生徒さんの輪が出来ていました。印象的だったのは、どの生徒さんも柔和な顔で中野さんを取り囲み、心の底からホスピスの気持ちでおもてなしをしていた事です。そこだけ目映い太陽の光が差し込んでいるかのような光景でした。本当に感動的なシーンでした。良かったですね。主治医はただ遠くから見守っているだけでした。個人情報の観点からこの写真が使えないのが残念です。

ここで2人の講演会を聞いた高校生の感想文を見てみましょう。何十通も寄せられた感想文の中から代表的な3つの感想文を引用します。

感想文①高校2年生男子

「先日は命のありがたさについてのお話ありがとうございました。今回のお話を聞くまでは、治らない病気にかかった人は皆ただ死を待つだけのいわゆる生きている死人かと思っていたのですが、今回の話から病気にかかった人も死ぬまでの人生を楽しもうとしているのだと分りました。今後もあなたのような方のお話を聞いて命に対しての理解を深めていきたいと思います。」

感想文②高校2年生女子

「先週は私たちのために貴重な話をして頂き本当にありがとうございました。私は命とは何か、生きるとは何か、簡単そうで考えると意外に難しい。中野さんの話を聞くまでは生きていることが当たり前、しかし朝を迎えられている。そんな幸せがあるだけで私はこれからの人生に感謝しながら生きる。中野さんの命の授業を聞き帰宅して沢山の人に中野さんの話をしました。改めて生きている事が幸せになり、何もかもが当たり前ではない事。毎日感謝しながら精一杯生きます。」

感想文③高校2年生女子

「中野さんの貴重なお時間を私たちにさいて頂き、真にありがとうございました。『朝起きてあなたは何を思いますか』という言葉に対し中野さんの答えが心に残りました。私は日々を特に何も考えず過ごしていましたが、これからは1日を大切にし、日々をしっかりと過ごしていきたいと思います。寒い日が続きますが、どうぞご自愛下さい。」

どうですか中野さん！　中野さんの言葉を聞いて高校生の中にしっかり「いのちのありがたさ」が芽生え、心が作られ、それを家族や友達と話し合う事で高校生の中に「どう生きていくのか」という未来が作られていましたね。感想文を拝見し教師冥利に尽きる喜びを、少しだけ主治医にもお裾分けして頂きました。

以上を経験して、命の授業は単に生徒たちのために命のありがたさを教えるだけではなく、授業をする事によって中野さん自身も生きる目的、役割、尊厳を思い出し、生活の質を高める結果となりました。中野さんと生徒たちとの間にはエネルギーのやりとりがあったのです。

後日、我々の活動は竹田南高校のホームページに記載されていましたので許可を得て転載します。ここで初めていじめをなくすナルシストの解釈が分りました。

平成28年2月5日（金曜日）全校生徒を対象に、本校体育館にて「命の授業」を行いました。講師は「天心堂へつぎ病院」の緩和ケア総合診療部長　林　良彦先生と本校教頭の高校時代の恩師で終末医療中の中野　正三さんをお招きし、「命の授業」～命の大切さ・有り難さを学ぶ～と題して講演会を実施しました。

中野さんから生徒へ「皆さんは朝、目が覚めた時に何を考えますか？」と言う問いかけがあり、生徒の一人は「今朝のご飯は何だろうと考えます」と応えていました。

病魔が全身に転移している中野さんは「私は目が覚めると、今日もまた新しい命を頂いたという気持ちになります。そうして気持ちを新たにし、今日を精一杯生きようと考えます。なぜなら、眠ってしまったら二度と目を覚まさない私がもう直ぐそこにいるからです」と明るく仰いました。

また、いじめをなくすために、「ぜひナルシストになりなさい。いじめをしている人の顔はとても醜いものです。いじめをする事により大好きな自分の顔が醜くなるのが嫌でたまらなくなってきます。自分を好きになり、素敵な自分でいるためにいじめは絶対にしてはいけません」と強く訴えました。

林先生からは、「がん末期患者さんと死を考える事で、生命の尊さを学ぶ！」というタイトルで、これまで出会った患者さんの意識の変化など、パワーポイントを使って説明がありました。

また、中野さんの奥さんからも「竹田南高校でこの様な機会を与えて頂いた事、天心堂緩和ケア病棟職員の方々の応対に深く感謝しています」と挨拶がありましたが、生徒も林先生・中野さんの話を最後まで真剣に聴いていました。「命の授業」後に行った生徒アンケートからは、「なぜ生命の期限を切られた人がこんなに明るく人前で話ができるのか、今の自分たちは与えられた命をどのように考えて生きるべきなのか、それがよく分ったし、自分自身の勇気と希望になった」との感想が多く見られた。命の大切さだけでなく、人として生かされている事、何を大切に生きていくべきかを考える良い機会となりました。ありがとうございました。

「生きていて良かった」講演会が終了して再入院後の中野さんは、ますます自然体で緩和ケア病棟で過ごすようになりました。教え子との関わりはその後も続き、教頭先生は頻繁にお見舞いに来られたり、生徒の感想文をまとめて持って来てくれたり、講演会の時の中野さんの写真を持って来てくれたりしていました。感想文を読む中野さんは、テストの採点をするような厳しい眼ではなく、柔和で穏やかなまるで孫からの手紙を読むような表情で、その姿に我々スタッフも癒やされたものでした。

さて中野さんの手帳に戻りましょう。講演が終わった日の手帳からです。

2016年2月5日（金）

「生きていて良かった」講演会

竹田南高校で林先生と待ち合わせ、教え子の教頭と3人で協議　内容について事前に準備・整理して混乱の無いようにする。体育館に80名の生徒で講演。林先生のリードで一時間半位の講演となった。成功したかどうかは分からない。「生きる」意味がプラスに伝わってくれれば……緩和ケア患者の「生の至福」がポイント。

こんな事を考えていたのですね。やはり根は高校の教育者です。先生と生徒さんとの間の双方向通信、コミュニケーションのあり方を学ばせて頂きました。これはどこの世界でも同じでした。医者としてこの事に気がついたのは最近だったと白状します。先生と生徒の関係が、医者と患者の関係に変わっているだけでした。

名残惜しいですが「命の授業」にまつわる話はこの辺にして、その後の中野さんの生活の様子を手帳から紹介します。「命の授業」にもまさるエピソードをたくさん紹介したいからです。ただ、生活の様子に関する記述は分りやすいのですが、何を考えているのか心の中の様子は難解を極めます。後で識者の力を借りて読み解いてみます。

第6節　2016年立春　命の授業その後

2冊の手帳の内容はますます仏教、哲学、儒教と学問的になり、難解になっていきます。中野さん自身が自分に「不幸にならないように」と言い聞かせているようにも思います。まずは、手帳の記載通りに記述する事にします。

2016年2月6日（土）
本日の見舞客は藤原（恭）、伊東（陽二）、井野の3名
藤原先生とは法華経、伊東先生とは釣り、井野とは同級会の話をした。大変楽しい時間が過ごせた。

［筆者解説］
法華経《ほっけきょう》
法華経は大乗仏教の代表的な経典で、誰もが平等に成仏出来るという仏教思想の原点が説かれている。

2016年2月7日（日）
本日は見舞客なし　宏一は大輔の引っ越しの手伝いに、妻は静子の葬儀に出席。
西田・村上と妻とに連絡あり。8日以降、戸次でと話していた。

2016年2月8日（月）再入院（2回目）
宇目の会（岩切企画）　垣内さんの感謝状を岩切さんに依頼されて400字以上の膨大な内容を沢山入れた。久美子さんの実績が偉大である証であろう。昨日、佐藤さんからお礼の電話があった。
二宮が来て「自他不二」を説いて帰った。さすが、高校時代からの哲人だ。
・エコロジー　↓　免疫　↓　種の起源　↓　ダーウィン
↓　防衛と攻撃　↓　戦争と共生、平和と戦争

・自他不二　↓　梵我一如　y＝xのn乗　↓　xの答えn個
「無もなかりき」　y＝xの0乗　↓　y＝1　1に帰す。

竹田南高校に命の授業に出かけた後、そのまま退院生活を自宅で過ごしていました。緩和ケア外来で診察した結果、本人は心地よい疲れと言っていましたが、奥さんは自宅介護で疲れのピークであり、レスパイト目的で2回目の入院となりました。結果的にこの2回目の入院が最後の入院となり、4月20日に亡くなるまで73日間を過ごす事になりました。

［筆者解説］
レスパイト
レスパイトとは、「一時休止」とか「休息」という意味です。介護者の日々の疲れ、冠婚葬祭、旅行などの事情により、一時的に在宅介護が困難となる場合に、期間を設けた入院の受け入れを行い、介護者の負担軽減（息抜き）を目指す仕組みです。つまり、在宅で常に医療管理及び介護が必要な患者さんの家族を対象として、患者さんに入院して頂くのがレスパイト入院です。

２０１６年2月10日（水）

見舞客　野田、妻と連絡してハエ釣りの企画をしないといけない。
吉久、法事を2月21日にするとの事。初盆と1周忌の扱いを悩んでいた。後藤ヒロ子先生がイチゴを沢山持って来てくれました。忠文先生と碁を1局所望したい気分である。

緩和ケア病棟を自宅の応接室のように使って欲しいと伝えて、その通りに中野さんは過ごしてくれました。

ある日、カフェテリアに友人を招いて囲碁を楽しんでいました。きっと手帳に書いてあった忠文先生に違いありません。黒番は中野さん、白番は忠文先生です。中野さんは、カフェテリアにある酸素配管から3mはあろうかという長い酸素チューブで鼻カテーテルをつないでソファに深く腰掛けて戦況を分析しています。一方、忠文先生は椅子に腰掛けて、次の手を考えています。忠文先生にはスタッフが用意したコーヒー、中野さんは自前のカップにお茶を入れて飲んでいます。

このカフェテリアは癒しの空間です。ここで夏祭り、クリスマス会、音楽会、時には近くの保育園の園児を招いて遊戯会などを開催します。

おっと話がそれました。忠文先生は少し形勢が悪いのか、右手を頭にやって困った顔をしています。中野さんといえば両手を胸の前に組んで、誇らしげな顔をしています。何気ない日常の一コマのようです。この何気ない日常を精一杯生きる事は尊いものと筆者は思います。凡事徹底は大切ですね。

2016年2月11日（木）

大般若会（新福寺）　妻は寺、宏一が病院　見舞客　垣内さん、甲斐貴秀（アルバム）、吉田慧日氏が来た。皆さんそれぞれ一杯持って来ているので早々に引き取らない。2時間は話すのでかなり大変だ。リハビリの田中さん　丁寧に足の筋トレ　慧日さん話を聴いてくれました。

野田親子来る。明後日に釣りなので来るように言った。

仁丹の仮説の実証　「仁端」ではないか?!

［**筆者解説**］

大般若会《だいはんにゃえ》

大般若経を読み幸せを祈願する法会の事。お経を読んでご利益を得、五穀豊穣や無病息災など、幸せで平穏な生活を祈願する。

仁端《じんたん》

「惻隠の心は仁の端なり」というの孟子の教え。他人の事を痛ましく思って同情する心は、やがては人の最高の徳である仁に通ずるもの。人間の心の中にはもともと同情するような気持ちが自然に備わっているから、自然に従う事によって徳に近づく事が出来る。

２０１６年2月12日（金）
芳子夫婦午前10時に見舞い　英雄さんゲンキ！　宏一と４人で昼食　妻は蕗の薹の佃煮を作りに帰る。暢ちゃんが明日の準備に来る。　リハビリは平岡さんの筋トレ。

２０１６年2月14日（日）
本日は前倒しの誕生会
前日から奈良から妹夫婦が泊まっている。天気は快晴！　本日の見舞客は家内と相談の結果、古川喜三郎、房前紳志郎などで数名程度になるか。
12時に大輔の司会で開会。16名参加　バースデイケーキと沢山のチョコをもらった。喜三郎さんと「自他不二」について少し話した。「成せばなる」や「梵我一如」も話したかったが長すぎるので止めた。
（さらに手帳から）
自他不二　↓　免疫　↓　エコロジー　↓　種の起源　↓　戦争と平和

三大欲望（食・衣・性）
自然哲学と認識論
ターレス　↓　デモクリスト　……「物体」エレア学派　抽象・認識
ハテプレイトス　……「変化」ターレス　↓　量子力学へ
エレア学派　↓　認識論　ヘラクレス　↓　無学の仏教的無常観
「コギトエルゴスム」…我思う故に我あり…　疑う故に我あり…　懐疑とは
ソクラテスのアレティ、プラトンのイデアは似た倫理観的思想に類似

エコの中に絶対価値を見出そうとする気分が常に働いているように思われる。王陽明が「心」は一体で知情意、真善美、喜怒哀楽に分解すべきではないとする陽明学の見解は正しい。刺激に瞬時に反応して行動する意志は天文学や心理学、量子力学を理解しなくても判断して行動している。

［**筆者解説**］
解説不能な記述
この部分を含め後述の手帳に書いてある難解な仏教、儒教、哲学の解説は「第4章　七転び八起き

暗中模索しながら2冊の手帳とともに」の中でまとめる事にします。
ただ、エコ医学を極めて心の安寧（絶対価値）を目指している事は伝わってきます。

2016年2月15日（月）
2月14日に親族の有志（主として妻側）16名が集まって誕生会をしてくれましたが、本当は今日である。
今日の誕生日に当たりまじめに「心」の整理をしてみたい。

①エコロジー（梵我一如）免疫－戦争と平和・共存共栄
②自他不二　→　y＝xの0乗＝1「太…に於いて天もなく地もなく無もなかりき」
③ディメンション「理解＝次元に分解して合理的方法で理解する」
　→　諸学の発達

2016年2月16日（火）
自然哲学的、アジア、神仏習合（八幡信仰）、十七条憲法、無為自然　仁丹
兼愛　憶測は仁の端なり　釈迦　天上天下　唯我独尊　無我　梵我一如

融通無礙　色即是空　五蘊皆空
ヨーロッパ　ギリシャ　ターレス　ヘラクレイトス　デモクリトス　ピタゴラス　パルマーデス
根源の追求　水・火・数　概念に分離
懐疑派　吾心　アレティ　イデア　根源　アルケー　水・火・数

［筆者解説］

色即是空《しきそくぜくう》
この世のすべてのものは恒状な実体はなく縁起によって存在するという般若心経の言葉。

五蘊皆空《ごうんかいくう》
この世のすべての存在や現象は、実体など無く全てのものは空であるという般若心経の言葉。

この時期は2015年の手帳の空欄に心境を書き殴っています。難解です。この手帳には偉人たちの伝えたい言葉が書いてあり、これを眺めながら思いをめぐらしていたに違いないと思われます。各月の言葉を列挙してみます。

1月　野口英世（細菌学者）
わたしは、この世界に何かをやりとげるために生まれてきたのだ

2月　マリー・キュリー（物理学者・科学者）
すべての人には、幸せに生きる使命があります

3月　勝海舟（武士・政治家）
事を遂げる者は、愚直でなければならぬ　才走ってはうまくいかない

4月　モーツァルト（作曲家）
ありのままでひとりきりで完全に自分らしく楽しい気分のとき

5月　宮沢イチ（宮沢賢治の母）
ひとというものはひとのために何かしてあげるために生まれてきたのでス

6月　芥川龍之介（小説家）
人生を幸福にするには日常の些事を愛さなければならぬ

7月　アンネ・フランク（アンネの日記の著者）
希望があるところに人生もある。希望が新しい勇気をもたらし、再び強い気持ちにしてくれる

8月　岡倉天心（美術指導者・思想家）

勇ましくあれ。勇気こそが命の鍵だからね。決して卑下するな

9月　後藤新平（政治家）
人のお世話にならぬよう、人のお世話をするよう、そして報いを求めぬよう

10月　ジョージ・エリオット（女流小説家）
なりたかった自分になるのに遅すぎるということはありません

11月　鳥井信治郎（サントリー創業者）
なんでもやってみなはれ、やらなわからしまへんで

12月　プラトン（哲学者）
自分に打ち勝つことは、勝利のうちの最大のものである

そしてこの12月の手帳の余白の欄に以下の如くの記述が見られました。

自他不二（免疫と共生）　↓　梵我一如（戦争と平和）
不治告知（がんの摘出手術不能）　↓　延命治療（対症療法）　↓　緩和ケア（鎮痛療法）
逆転の発想：「生きていてよかった」と思えるのは緩和ケアに入って初めて実感出来た。死すべき人が朝めざめると「生きている」と毎朝感じる。「ピンピンコロリ」は理想じゃない！

ピンピンの人生のめざめは「生」の感慨なし！

２０１６年2月17日（水）
午後5時　林先生以下看護師一同　誕生日のお祝いにとお花とコーヒーカップペアを持って来てくれた。感激
甲斐貴秀が感想文を渡してくれた。
（命の授業を行った竹田南高校の生徒さん達が書いた感想文の事）
文は86歳で認知症である。

２０１６年2月18日（木）
インターン医学部5年生のインタビュー（クリニカルクラークシップ）がある。
自他不二（次元の異）　告知患者しか持ち得ない「生のよろこび」　↓　生きていてよかった
エコイズムの純粋な追究　↓　人格の完成
インターン学生は5年生の川岸さんという方で好青年　立派な緩和ケアの医者になるように！
午後6時　心経を取りに来た。

［**筆者解説**］

クリニカルクラークシップ

医学部5年生とは、クリニカルクラークシップのため病院に研修に来ている医学生さんです。クリニカルクラークシップとは、従来の見学型臨床実習とは異なり、学生が医療チームの一員として実際の診療に参加し、より実践的な臨床能力を身に付ける臨床参加型実習の事です。当院では緩和ケア病棟に入院している患者さんの問診訓練を担当し、その是非を学生さんとディスカッションしています。もちろん学生さんも勉強になりますが、主治医が意図するところは患者さんが緩和ケアの身となり何も出来なくなったとしても、役割を見つけ、人間の尊厳を取り戻す事だと筆者は考えています。

2016年2月19日（金）

鶴校の昭和42年卒の生徒10名が見舞いに来た。今回は神戸から……　いろいろ話したいが認知症で話せない。もどかしいがでも楽しかった。すぐ礼状を出さないといけない。

本日はCTとコンサートがある。墨と紙を補充しなければならない。

CTの結果は良好。コンサートあり。吉久夫婦の見舞い等々、今日も慌ただしかった。

本日より酸素吸入、ベッド用と携帯用（1日のみ）

2016年2月20日(土)
本日から1日6食(6:00から20:00の間)
昼伸子ちゃんが来た。宏一も来た。認知症の進み方が早いようだ。
ドラマがわからない、計算出来ない、漢字がまったく出てこない、名前が出ない
↓会話が出来ない。

2016年2月22日(月)
外出　本日は見舞客ゼロ　午後はフロとリハビリの予定

2016年2月23日(火)
本日、吉田慧日氏ご夫婦のお見舞いを受けた。恐縮した。
朝、歯がもげたので急遽西郷に行った。半分だけは修復出来た。妻は掃除しに帰った。

2016年2月27日(土)
伸ちゃん見舞い　老人ホーム落成延期

美千子、昭義、末…、…面

この世は住みづらい。

2016年2月28日（日）

美千子　写真額を持って来る。立派な写真が入っていた。宏一が昼に来る。代わりに妻が帰った。房前と小川の額を仕上げた。

考え　→　行動　→　習慣

考え（認識）　言葉（社会化）　行動（意志）　習慣（日常化）　人格（パーソナリティ）

運命（方向性）

2016年2月29日（月）

野田母子来る。来週ハエ釣りを企画する。

2016年3月4日（金）

天気温暖　10・5℃　ハエ午後には飛ぶかも　絶好　宏一の早退を空頼み

２０１６年３月５日（土）
奈保子帰る。正午宏一　ハエ釣り　目標１Ｋg

２０１６年３月６日（日）
法事（峰ちゃん）49日（善行寺）
11:00頃　古川、中野、竜田
ハエ釣り許可出ず！　14〜16℃　温度絶好

２０１６年３月７日（月）
温和　凪　ただしハエ釣り禁止　１時間１Ｋg間違いないのだが……

この頃になると釣りの事しか考えてないようです。

皆さんもお気づきかと思いますが、次第に記述の間隔が遠のいています。主治医の眼で見ても衰弱が少しずつ進行している事が分ります。ただ、日記にも出てくる心経だけはせっせと書いて配っていました。そして3月7日、この日の日記が最後の手帳の記述となりました。

さて、中野さんは釣りに行けたのでしょうか？　釣行を希望する中野さんに主治医はなんと言ったでしょうか？　皆さんで考えてみて下さい。

前々から中野さんから主治医にお願いがあったのです。

中野さん　釣りに行って良いですか？
主治医　もちろん、ただの外出ならOKです。どんな釣りですか？
中野さん　川の中に入ってハエを引っかけるんです。
主治医　エッ⁉　川の中に入るって？……

前述したとおり、当時の中野さんの体力には常に酸素が必要、心経は出来ますが自分では歩けなくなっていました。主治医として許可するか悩みました。大抵の事には外出許可を出すのですが、今回はどうしたものか！　ただの外出なら諸手を挙げて「どうぞ」と言うのですが、川の中に入って釣りをする……　ひょっとして川に流されてそのまま帰らぬ人になってしまう可能性すらある。責任ならいくらでも主治医が負う覚悟があるのですが……

自分ならどうする？　自分はどう考えてきたか、自分ならどのように死にたいと考えてきたかが、走馬灯のように頭の中に湧いてきました。

話は筆者がまだ血気盛んだった外科医の頃の事です。手術して切って切りまくって手術をしながら死んでいったら本望だなどと考えていました。手術される患者さんには迷惑な話です。

がん病巣を取り去る事こそが手術であると信じていた時代です。1日何時間手術してもまったく飽きる事はありませんでした。例えば1日に4例手術した日もありました。1例目は〝胆管がん〟の待機手術で膵頭《すいとう》十二指腸切除に8時間、2例目は胆石症の待機手術で腹腔鏡下胆嚢摘出手術に1時間。予定していた手術だけでは終わりません。1例目の手術をしている間に電話があり、胃潰瘍穿孔《せんこう》疑いの患者さんを送りますという内容です。当時は外科医3人でチームを組み1人が麻酔、残りの2人で手術をしていました。胃潰瘍穿孔疑いの入院は断りません。患者さんが外来に来られたら、麻酔医に外来に降りてもらって処置をお願いして、残りの2人で手術を進めました。もちろん麻酔の管理も同時並行です。手が空くと麻酔医には戻って麻酔を続けてもらいました。今なら許されない事かもしれませんね。そうして1例目の8時間が終了して、次は麻酔を手術助手と交代して2例目の待機手術です。簡単な手術といっても気を抜く事は出来ません。集中力は常に必要です。

3例目の胃潰瘍穿孔の緊急手術を行っている時にまた電話です。開業医から急性虫垂炎を送りますと。もちろん断りません。「分りました」と返事しました。またまた患者が来たら麻酔医を向かわせます。当時は、その日のうちに手術しないのは緊急手術ではないと意気込んでいた時代です。こうして8＋1＋2＋1時間の手術をした日もありました。病院を出ると外は真っ暗ですが、夜空の星がきれいな事と、心地よい疲れが爽やかに感じたものです。この年は1年間で500例以上の手術を3人でやってきました。

しかしある時気づくのです。手術を施行しても命の長さを決めるのは患者さん自身。外科医は合併症で命を短くする事は出来るが、手術を乗り超え長生きしたとしてもそれは元々の患者の寿命である事に。

実例を挙げると、〝乳がん〟で完全に切除して再発の可能性は限りなく0に近いと思っていても、患者の気持ちの持ちようが、不安から〝うつ〟になってしまった人もいました。当然QOLの良い生活は送れません。自殺の可能性すらあり、本人が嫌がるのを無理矢理、精神科の病院に入院してもらいました。今ならそんな気持ちを黙って傾聴するコミュニケーションスキルがありますが、当時はそんな事は知りません。幸いに気持ちを取り戻して帰って来てくれました。しかしながら、1年後に反対側の〝乳がん〟を発症して亡くなってしまいました。

まったく逆の症例もあります。〝膵がん〟で膵頭十二指腸切除を施行したのですが、どうしても切除しきれないリンパ節があって、取り残したまま手術を終了しました。絶対的非根治手術です。これはがん腫からいっても長生きは出来ないだろうと心の中で思いました。しかし何と彼はそれから4年間も生きたのです。しかも寝たきりで過ごすのではなく、復職して社会生活を送っていました。今で言う「ながらワーカー」ですが当時は社会の理解はほとんどありません。すごい精神力でした。

この時を境にして次第に緩和ケアに興味を持ち始め、追求していくきっかけになりました。もっと後になって「外科医の目的は手術する事ではなく、患者を幸せにする事」と気づくのですが……働く目的はその背景にいる人間に喜んでもらう事であって、決して手術でがん病巣を取り切る事では無かったのです。当たり前の事です。どんな仕事でも、仕事の背後に存在する人間を忘れては駄目だという事にやっと気づきました。今はこの考えを筆者が小学生、中学生に行う「がん教育」や「命の授業」に役立てています。

さて話は戻り、中野さんに川に入っての釣りを許可するか？　です！

自分ならば前向きに倒れて死にたいと思っていたにもかかわらず、結局主治医として消極的な反対表明しました。これで良かったでしょうか？　皆さんならどうしますか？

それからしばらくたって本人は釣りの話などしません。諦めたのかと思っていたところ、ある日病室におじゃました時に床頭台《しょうとうだい》にある写真を見てびっくりしました。写真には、ベッドを半座位にして両手にボールを持ちひょうきんな顔をした中野さんが写っていたからです。ボールの中には、何とハエが10数匹写っているではありませんか！　もう一度写真の中の顔を見ると「先生の言いつけに背いてゴメン、でもこれが釣果です」と少年のように屈託のない純粋な表情でした。少し自慢げのようにも感じます。今から見直しても本当に良い写真です。（写真6）何時間見ても飽きる事はありません。

本人は、釣りに行きたくてたまらない気持ちなど知らない呑気な主治医に黙って、ハエ釣りを実行したのは２０１６年3月20日の事でした。亡くなる1ヵ月前の話です。忘れられないエピソードでした。写真を見た時、中野さんと主治医の2人で大笑いしました。主治医の苦しい胸の内を理解してくれた上での行動だったと分ったからです。口では言いませんでしたが、心の中では「よくぞやってのけてくれました」と叫びました。ただ後で奥さんの話によると、中野さんは主治医が釣りの許可を出さないため、「あのヤブ医者が！」と叫んでいたそうです。エヘヘ！

もう一度書きますが、２０１６年3月7日の記載を最後にこの後、２０１６年4月20日に旅立つまで手帳への記載はありませんでした。

第7節　2016年穀雨　幕切れ

2月に「命の授業」を行ったのですが、その後3月になって川の中に入りハエ釣りを楽しむ事も出来ました。また4月になって桜を見る事も出来ました。もちろん中野さんの事ですから、部屋の窓から桜を眺めるだけでは収まりません。早速家族を呼んで、車椅子に移乗して病院周囲の桜を見に行きました。酸素を吸いながらです。4月とはいえまだ寒いので、病衣の上からダウンコートをひっかけ、膝掛けを乗せています。そんな寒さにはお構いなく、すがすがしい顔つきでした。中野さんを補助する3人の寒そうな顔とは対照的でした。同行した看護師さんはこんな時、すぐに写真に撮るのが常でした。そこで撮った写真を後で引き伸ばして中野さんにプレゼントしました。緩和ケア病棟カフェテリアでの定期音楽会の時にメッセージを付けて写真をプレゼントしましたが、写真を手に取ってそれを置くと、両手を頭の上に持って行き拍手をしてくれました。傍にいる奥さんも嬉しそうでした。

この毎週金曜日に行う定期音楽会には、中野さんはいつも積極的に参加してくれ、しかも他の入院患者さんを誘って連れて来てくれました。緩和ケア病棟のベッドは14床ですが、中野さんが誘うといつも二桁の患者さんが音楽会に参加してくれます。囲碁を打っていた例のソファに患者3人で腰掛け、渡された歌詞カードを見ながら、MSWの真鍋さんが弾くオルガンに合わせて歌を歌ってくれます。カメラを向けると中野さんはいつもポーズを取ってくれますが、この時も右手を挙げてウインクしてくれました。（写真7）隣の患者さんはカメラを見つめるだけ、残りの一人はカメラにも気付きませんでした。それもそのはず、この方はプロのミュージシャンで、歌を聞くよりは歌を歌う方が専門です。SumiさんとGOOD LUCKというデュエットを組んで何度となく緩和ケア病棟で、あるいは患者さんの病室でギターと歌を披露してくれた冨崎不二夫さんです。冨崎さんもまた、人生の最終段階を緩和ケア病棟で過している患者さんでした。彼にも涙あふれる人生の物語がありますが、詳細は別の機会に譲りたいと思います。この時代の緩和ケア病棟は患者さん同志も仲が良く、何でも打ち明けて助け合い、エネルギーをやりとりしていたように思います。

このような日々を送りながら緩和ケア病棟に入院して3ヵ月目に突入しました。

朝目覚めた時に誰かにいて欲しい、「おはよう」と言う相手がいて欲しいとの中野さんの要請に応じて、奥さんが毎夜寝泊まりするようになって3ヵ月です。中野さんの「おはよう」の声に奥さんが「おはようございます」と返して、今日も生きていて良かったと感謝の気持ちで一日をスタートするのが常でした。

しかし、ある日突然、奥さんの「おはようございます」の挨拶に中野さんの返事が「おはよう」から「ありがとう」に変わったのです。奥さんは、夫の状態が変化した事をはっきり認識したそうです。亡くなる前の2週間でした。

死期が近いと感じた奥さんには、今までの生活が走馬灯のように駆け巡ってきたと筆者に教えてくれました。その中のエピソードを一つ紹介します。これは亡くなって4年後に奥さん宅に訪れた時に語ってくれたエピソードです。

新婚2年目の話です。夜中に酔っ払って帰って来た中野さんが、夜中にもかかわらず奥さんに対して講義を始めました。テーマは「幸せとは何か?」です。中野さんは「死ぬ時に幸せと思った時、それが一番」だと答えたそうです。

今それが現実になろうとしています。

中野さんは死期が迫っていると自覚していてもなお穏やかな日々でしたが、枯れ木のようにゆっくりと衰弱してゆきました。そして我々が預かった中野さんの命をご家族にお返しする日が来ました。そして沢山の家族に見守られながら、静かに穏やかに旅立っていきました。最期には家族に「がんにはなったが幸せだった」という言葉を残して逝きました。中野さんは自分の寿命を覚悟し、家族は納得していたと思いました。この時、中野さんのエネルギーは確かに見守る家族に伝わったと確信しました。良かったですね、ゆっくりお休みください。

「がんであっても自己成長は続き、穏やかな心を持つ事が出来る事を中野さんに学びました。ありがとうございました」と、最後のカルテ記録に記載しました。

［**筆者解説**］

最後のカルテ記録

２０２０年４月に幻冬舎より上梓した筆者の拙著。カルテの最後のページに亡くなった患者さんの思い出やエピソードを綴っていた記録をまとめたノンフィクションエッセイです。２１０例を収録しましたが、その中で「第１章　凡事徹底　平凡な日常生活こそ一生懸命に生きる！　第２話」が中野正三さんの話です。

第8節　後日談

この中野さんの話には後日談があって、中野さんが亡くなってしばらく経過した頃、大分合同新聞という地方紙の夕刊に中野さんと緩和ケアとの関わりの記事が出ていました。3回にわたる連載でした。書いたのは中野さんと親交のあった仏教文化学会員、吉田慧日《けいじつ》氏です。後で手帳を見ると何回も中野さんをお見舞いしてくれた方で、仏教談義をしていたらしいと分りました。ただしこの時は筆者とは面識がありません。新聞記事を引用します。

第1回（2016年5月17日）

「がんにはなったが幸せだった」。そんな人生が果たしてあるのか？　あったのだ。緩和ケア病棟で4月20日、周囲に「ありがとう」の言葉を残して一人の男が生涯を終えた。中野正三さんである。彼の趣味は釣りと庭園の仕事。県立高校を定年2年前に退職、プロに弟子入りして本物の庭師になった。しかし好事魔多しとか、定年となって6年後の胆嚢手術が闘病の始まり。2年後には〝食道がん〟の大手術、医師からは数日遅かったら危なかったと言われた由。更に3年後には〝前立腺がん〟の手術。しばらくは小康を得たものの8年後に〝肺がん〟を発症、間もなく脳への転移も分かり本格的な手術は不可能に…　そこで彼は緩和ケアを決断、入院した。緩和ケア病棟では写経を続け、家族に看取られて「いのち」を全うした。彼は本当にすごい。これほどの病魔に侵されながら3ヶ月間の緩和ケア病棟入院中にも常にユーモアを忘れず、ここは最高の終の棲家だと感謝。家族にさえ一言も愚痴をこぼさなかった…　初七日すぎ、奥さんが私に心情を語ってくれた。死を前にした命の授業や釣りに関する驚くべきエピソードなど緩和ケアの本番は次回に。

第2回（2016年6月24日）

「きた！　鮎？　鯉？　もしかして女」この句の右には、一番の趣味だった自分の釣り姿のイメージと、大きくしなう釣り竿の挿絵。ユニークなはがきだ。彼は病院で緩和ケアを受けながら、このはがきを知人に出した。（写真8）余命1ヵ月。その苦悩の中で、何というユーモアだ。後ほど、知人からこのはがきを届けてもらった奥さんは「いかにも夫らしい、私の宝物に…」と目を潤ませていた。彼は海釣り、川釣り何でもこいの釣り名人。最高はクロ40匹以上というすご腕だった。それはともかく、彼が臨終1ヵ月前の3月20日、大野川で人生最後の釣りを実践したのには誰しも驚かされた。彼が入院していた病院の医師は「そんな事を考える事自体がすごい」と感銘の思いを語ってくれた。水辺まで車椅子、酸素ボンベ携帯、川の中では左右から支えるなど、家族を中心に総勢9人の付き添いでようやく実現出来た事だ。末期がん患者の生涯の思い出作りに周りの人々が懸命の努力。衰弱の極みにあってなお、感謝の心で前向きに「いのち」を謳歌した彼の姿は感動的だ。そこにこそ緩和ケアの神髄と醍醐味があると私は思う。「命の授業」については紙幅の関係で次に譲りたい。

第3回（2016年7月28日）

命の重みと大切さを考えさせられた。余命わずかで前向きに生きる姿がすごい。その明るさに勇気と感動をもらった。竹田南高校で行われた「命の授業」後、生徒アンケートに寄せられた声だ。命の授業は、彼と主治医が行った。教頭先生が彼の教え子だった事がご縁という。彼は自身の終末を意識した頃から、眠りにつく前いつも考えたのは、明日果たして眼が覚めるのだろうかとの思いだったそうだ。だから彼は生徒たちに語りかけた。「朝が来ても目覚める事の無い人がいる。無事に朝が来る事は何でもない事では決して無い。本当にありがたいのだ」と。死を前にした言葉故に迫真の重さだ。感想文には「2人の話を聴くまでは生きる事が当たり前、しかし朝を迎えられる幸せだけで私は感謝して生きる」などなど。授業の後、生徒数人が自発的に、中野さんの車椅子を玄関まで押してくれたと聞いて、私も感銘。同時に、彼が死の恐怖と苦悩を超えて命の授業を実践出来た事は、彼と彼の家族のＱＯＬ（生活の質）を高めたわけで、緩和ケアの最大の意義はその辺りにあるのではなかろうか。

中野さんと自他不二など仏教談義をしていた吉田さんの感想文です。新聞の読者に分りやすく書いてくれたのですね。中野さんの手帳を振り返る仏教の話を、吉田さんに聞きに行きたかったのですが、残念ながら実現出来ませんでした。

第9節　子供たちに残した最後の手紙

カルテの最後のページに、本来ならば書かないような患者さんへの気持ち、思いを書き留めていた事と、幸いに時間に余裕が出来た事（時間は作る者と筆者はよく言っていますが…）から、緩和ケア病棟で出会った患者さんたちの記録を残そうと思い立ち、２０２０年春に自著が完成した事、この「最後のカルテ記録」という自著と緩和ケア病棟の時に撮影していた数十枚の写真を携えて中野さんの奥さん宅を当時在職していた看護師たちと共に訪れた事は前述したとおりです。

その時、中野さんが子供たちと奥さんに残した毛筆の手紙を見せてくれました。立派な額に収められています。それは訳詞　角智織　作曲　樋口了一　の「手紙」という曲の詞でした。最初に酔釣、最後に正三と署名捺印しています。(写真9)
「母さん、これ良いのう!」と言って中野さんが懸命に書き写した毛筆の手紙だと奥さんが教えてくれました。この手紙を見ながら中野さんの姿を思い浮かべるだけで、いろんな思い出がよみがえってきます。
その時ふと奥さんが
「……　私、緩和ケア病棟のあの頃楽しかったんです……」
と言ってくれたのです
そして奥さんは上記の額に入った自分の分の手紙を筆者にもらって欲しいとお願いしたのです。
中野さん直筆のこの額に入れた毛筆の手紙は2人の子供たちと奥さんとが頂いた大事な遺品です。
それを元主治医である筆者に託すなんて……

酔釣
手紙　訳詞　角　智織　　作曲　樋口　了一
―親愛なる子供たちへ―
齢老いた私がある日今までの私と違っていたとしても

どうかそのままの私のことを理解して欲しい
私が服の上に食べ物をこぼしても　靴ひもを結び忘れても
あなたに色んな事を教えたように見守って欲しい
あなたと話す時　同じ話を何度も何度も繰り返しても
その結末をどうかさえぎらずに　うなずいて欲しい
あなたにせがまれて繰り返し呼んだ絵本のあたたかな結末は
いつも同じでも　私の心を平和にしてくれた
悲しい事ではないんだ　消え去ってゆくように見える私の心へと
励ましのまなざしを向けて欲しい
楽しいひと時に私が思わず下着を濡らしてしまったり
お風呂に入るのをいやがる時は思い出して欲しい
あなたを追い回して何度も着替えさせたり様々な理由をつけて
いやがるあなたとお風呂に入った懐かしい日のことを
悲しいことではないんだ　旅立ちの前の準備をしている私に
祝福の祈りを捧げて欲しい
いずれ歯も弱り飲み込む事さえ出来なくなるかも知れない

足も衰えて立ち上がることすら出来なくなったら
あなたが弱い足で立ち上がろうと私に助けを求めたように
よろめく私にどうかあなたの手を握らせて欲しい
私の姿を見て悲しんだり　自分が無力だと思わないで欲しい
あなたを抱きしめる力がないのを知るのはつらい事だけど
私を理解して支えてくれるだけの心を持っていて欲しい
きっと　それだけで　それだけで　私には勇気がわいてくるのです
あなたの人生の始まりに　わたしがしっかりと付き添ったように
私の人生の終わりに　少しだけ付き合って欲しい
あなたが生まれてくれたことで　私が受けた多くの喜びと
あなたに対する変わらぬ愛を持って笑顔で応えたい

私の子供たちへ
愛する子供たちへ
正三

今、中野さんの遺品の手紙は筆者の元にあります。ありがたく押し頂く事にしました。そして中野さんがいつも筆者を見守ってくれている気がします。そして奥さんのあの言葉を思い浮かべます。

「あの頃楽しかった…」

ありがとうございます。緩和ケア医冥利に尽きます。今夜もよく眠れそうだ。

第2章　回想　中野正三さんと過ごした日々

中野さんの人生の物語を執筆するにあたり、奥さんの智恵子さんから筆者へ手紙と中野さんが書いた手記が届きました。

「主人を見送って2年後のこと、娘から『お父さんが林先生と一緒に旅行しているよ』と訳の分らない電話が来ました。詳しく聞いてみると、先生が講演の中で主人の写真を使いながら全国を回られている事が分りました。また、2冊目の本を出版されるのに主人の事を書いて下さる事も分りました。何となく緩和ケア病棟の事が懐かしくなりメモ帳を出してみました。その中のいくつかを作文してみました。

80才を過ぎたおばあさんが、家事の合間に書いた文章です。誤字脱字が多く幼稚な文章ですが、こんな過ごし方もあったのかと何か参考にして頂けるとありがたいです」

奥さんの気持ちは筆者と全く同じです。一人でも多くの人に中野さんのような人生の物語があったと伝えたいのです。最期まで生きる勇気を持ってもらいたいのです。

早速、奥さんの作文を皆様にお届けします。

第1節　中野智恵子（妻）

1）退院そして入院

1時間でも長く病院にいて欲しい。2003年9月3日に食道全摘術を受けて以来、何回も繰り返した退院。それは嬉しく、いそいそと迎えに行き二人で元気に帰宅しました。しかし2016年1月7日は退院して欲しくなかった、一日も長く病院にいて欲しかったのです。何故ならすべての治療が終わり死を待つばかりの退院だったからです。自分で荷物をまとめ、待合室で待っている主人を見つけた時は、思わず涙が出そうになりました。痛み止めを初め、何種類かの薬を渡して下さる看護師に「帰りたくない」と言ってしまいました。

帰りにいつものようにラーメン屋に寄りました。「いつものラーメンで良いですか？」となじみの女性店員が注文を聞いてきました。すると、「今日が最後のラーメンだ」と主人が言いました。店員はびっくりしていましたが、出てきたラーメンにはお見舞いと言って「ゆで卵」がおまけに入っていました。途中釣り具の三平により、将平と二人分の釣り竿を買いました。無駄にならなければ良いが……

1月7日に天心堂へつぎ病院に入院。病室に入る前に心電図他の検査をする。医師をはじめ看護師も優しく本人はとても気に入っているようだ。二宮さんと平野さんが話しに来て下さる。高校の同級生と話す時は本当に楽しそうで私もほっとします。由美子が朝から付き添ってくれました。お茶の用意をしてくれ二人に出してくれました。
夕方帰宅するつもりで準備していたら、「朝起きて『おはよう』と言った時『おはよう』という返事が聞きたい」と主人が言い出しました。それ程長く続く事ではない。2週間も頑張ってくれたら嬉しいと思い、一緒に泊まる事にしました。

［筆者解説］
2016年1月7日に入院と記していますが、この日は緩和ケア面談を行いました。実際の入院は1月12日となります。

2）クラス会
三重高校で担任した3年5組はとても仲が良いクラスでした。文化祭ではシナリオから書いて映画の制作までしました。主人正三ももちろん、生徒と同じくらい楽しんで映画作りに参加していたようでした。卒業してからは、その映画を「観る会」と称して度々クラス会をしていました。その生徒たちが天心堂でクラス会を催してくれました。野田君が皆に連絡を取り、17名が集まりました。奥さんの千津さんが前日に飲み物、つまみ、食器を用意してくれていました。
当日は正三が大きな「かぼすぶり」を姿づくりにして皆に振る舞いました。とても緩和ケア病棟の入院患者とは思えない様子で手際よくさばいていました。看護師さんも生徒の皆さんもびっくりして写真を撮っていた事を覚えています。本当に楽しい一時を過ごす事が出来ました。

3）朝、目覚めるという事

1月29日　一時帰宅　妹の由美子と美千子が弁当持参で家の掃除に来てくれました。疲れていたのでありがたい。

1月31日　林先生の声かけで竹田南高校に行く事になりました。がん末期の患者として生徒に話をするらしい。ノートを開いて何か書いているが、なかなかまとまらず苦労しているようだ。

入院してすぐ林先生より「緩和ケアは終末ではありません。どのようにより良く生きるかを考える場所です」という話をして頂きました。正三も聞いていました。生徒に自分の気持ちをどう伝えたら良いのか……　ノートにメモしようとしましたが、結局は進みませんでした。

2月5日　竹田南高校に智恵子の車で行きました。事前の打ち合わせでは林先生と二人で対談する事になっていました。林先生の司会で始まりましたが、正三の話が難しい。生徒の顔を見ても明らかに疲れています。でも、正三はしゃべり続けたのです。限られた講演会の時間で林先生は話す時間がなくなった。

「人生の最期を告げられた人間は夜寝る時、明日の朝目覚めるだろうかと不安になります。翌朝目覚めた時、生きているというよろこびで一杯になるのです。元気な人は朝起きる事は何でもない事でしょうが、私にはとてもありがたい事なのです」

正三が何日も悩んでまとめられなかった気持ちは、生徒に伝わったようでした。帰る時数人の男子生徒が走って来て車椅子を車まで押してくれました。

3月28日「いい人生だった。悔いは無い。何をどうしたら良いか分らない。頭がパーになった」と朝から同じ事を繰り返して言いました。

4）最後の魚釣り
古川一家4人、野田千津代さん、将平君親子、奈保子夫婦、宏一、智恵子
古川の優花子ちゃんは魚釣りの応援にはならないが、正三が「俺の生まれ変わり」と言い顔を見ると機嫌が良くなっていました。（心の応援団長）
病院には外出とだけ届けを出して筒井大橋の上流に連れて行きました。酸素ボンベ、車椅子を持って川原に行きましたが、長靴も自分で履く事が出来ません。宏一が酸素ボンベを肩にかけ、直樹さん、将平君、大輔さん、宏一の4人で抱えるようにして川の中に入りました。やっと立っ

ています。しかし直後に次々と魚が釣れる事釣れる事！　30分足らずで30匹くらい釣れました。満足したのか、「もういい」と言って嬉しそうに皆の顔を見ました。水際に置いた車椅子に座ってじっと川面をいつまでも見ていました。将平君と奈保子が釣ってみましたが釣れません。将平君が1匹釣っただけでした。　天心堂に入院して以来ずっと言い続けてきた釣り。これで落ち着くでしょう。

帰院して先生に事実を話しました。看護師さんは写真を撮ってくれました。にこにことてもいい顔をしています。「私はつまらん医者だなあ。中野さんがこんなにいい顔をするのに許可を出せなかった」と林先生が残念そうに話されました。当たり前です。緩和ケア病棟の入院患者に釣りの許可を出す医者はいない。分っていたのだろうと思います。ありがとうございました。

5）散骨

主人は生前「おれが死んだら骨の一部を深島の海に散骨してくれ。誰からも叱られる事なく好きなだけ釣りが出来る」とよく話していました。70才の誕生日を迎えた頃から深島に行くのは危険だからと家族や知人に止められていたのでした。〝食道がん〟で食道全摘術、〝前立腺がん〟で前立腺摘出手術と大病をした身体で一日中岩の上にいる。しかも夜中の1時頃に出かけて夕方の8時頃に帰って、くたくたに疲れているはずなのです。それでも1週間に1回は出かけていました。そんな釣りだったので家族は本当に止めて欲しいと思っていました。で、とうとう75才の誕生日に釣り禁止令を出してしまいました。

その直後、大学病院の定期検診の帰りにニトリに寄った時のこと、小さな葉書大の額を見つけて「般若心経」を書くと言い出しました。釣りを諦めてくれるならと賛成し、費用は全て出しますと約束しました。まさかそれが600枚以上になるとは夢にも思いませんでしたが……　そして言われたのが散骨の希望でした。

77日の法要が終わり家族で話し合った結果、散骨する事に決めました。住職にお願いして骨の一つを小さな器に残してもらいました。親子2代にわたって40年間通い続けた船頭さんに事情を話し、船をチャーターして深島まで行ってもらいました。息子夫婦、娘と私の4人で初めて深島の海を見ました。波が高く船は揺れましたが、船頭さんは「今日の海は静かな方だ」と言いました。4人で少しずつ散骨し、花をあげて帰路につきました。今頃は誰に気を遣う事もなく釣りを楽しんでいる事と思います。

6）お授戒

本山（妙心寺）から管長様がみえ、授戒会があるとの知らせでした。主人もそれを知って自分も戒名が欲しい、しかも家の檀那寺である新福寺の和尚につけて頂くと言いだし、無理を承知でお願いしました。若い和尚は生前授戒の経験がなく、ちょっと驚いていましたが快く受けて下さいました。義妹の帰省に合わせて新福寺で授戒会をして頂きました。いくつかのお経や儀式の中に五戒という儀式がありました。がんの末期の宣告を受け、五戒の（二）（三）（四）の戒は、まあまあ何とか全うしていると思いました。しかし、（一）（五）特に（一）は最後まで迷っていたと思います。不殺生戒（生のあるものことさらに殺すなかれ）魚釣りである。死の1ヵ月前まで釣りに行きたがり皆を困らせた。魚釣りは殺生だから止めようと話しましたが駄目でした。（五）の不飲酒戒（みだりに酒を飲んで心を乱すことなかれ）授戒式の後も天心堂に入院するまで少しずつですが飲んでいました。

和尚は1週間悩み、考え、授けて下さったそうです。死後の戒名は数時間後に授けて頂くのですから、ずいぶんわがままをお願いした事になりました。申し訳ありませんでした。

「啐啄院知翁正眼居士」

頂いた戒名です。大変気に入って、毎日書いては「良い名前を頂いた」と喜んでいたのを昨日のように思い出します。

（終）

［筆者解説］

五戒

五戒とは仏教に於いて在家信者が守るべき基本的な五つの戒の事。第一の戒は「不殺生戒」で衆生の命を奪う事を禁じたもの、第二の戒は「不偸盗戒」で自分が己のものではないと認識したものを盗む事を禁じたもの、第三の戒は「不邪婬戒」で性的逸脱行為を禁じたもの、第四の戒は「不妄語戒」でこの戒の精神は正直である事、年長者に忠誠である事、後援者に謝意を持つ事、第五の戒は「不飲酒戒」で中毒性の物質を避ける事を意味する。

啐啄院知翁正眼居士《そったくいんちおうせいがんこじ》

啐啄院知翁正眼居士という戒名は中野さんがお願いして出来た生前戒名です。啐啄院は親鳥が卵をつついて卵のふ化をうながす事で、中野さんは教師で教え子の成長をうながす役目。知翁は読んで字のごとしで中野さんにピッタリです。この生前戒名を中野さんは気に入って何度も書き写しては唱えていたようです。

中野正三さんあって、この妻ありと言える名文と思いませんか？　この手紙には奥さんの智恵子さんの思いも詰まっているだけでなく、筆者の思いも代弁してくれるものでした。

第2節　看護師　中野正三さんと過した日々

もう一人、緩和ケア病棟看護師に「中野さんの思い出を書いてもらえませんか?」とお願いしたところ、快諾して頂きましたので紹介します。

夜明け前の病室で彼は畳に座り写経をしていた。頭にライトをつけ一文字一文字心を込めて書いていた。その横のベッドでは穏やかな表情で妻が休まれていた。

この日が来るまでには夫婦の様々な葛藤があった。

緩和ケア病棟へ

彼は〝肺がん〟の最終段階として当院へ紹介された。家族としては当院への転院は希望されたものではなかった。仕方がないとの思いが強かった。転院の朝、妻は薬を持参した前病棟の婦長に「退院したくない。どうかここに置いて欲しい」と泣いて懇願したとの事。妻にとって緩和ケア病棟は「もう手の施しようのない患者が最後に死ぬために行く病院」ととらえていたようだ。入院してからしばらく本人や妻の表情は硬かった。心配した妻は毎日付き添いを行った。緩和ケア病棟に対して良いイメージはなかったようである。

好きな趣味

もともと写経が好きだった彼のために病棟から畳と机とを病室に用意した。その日から彼は写経に熱中した。朝早くから夜遅くまで疲れを忘れたかのように写経に打ち込んだ。スタッフや他の入院患者さんのために写経をし、写真立てに入れたものをプレゼントして回った。人のために何かをしたいという思いで彼は写経を書き続けた。「何かに集中する事で病気の事を忘れられる」と言われた。本人のあまりの熱中具合に妻はびっくりしていたが、本人が注文する度にその都度墨や紙、写真立てなどを準備されていた。

家族と仲間

県立高校の教師をしていた彼には多くの教え子がいた。年に何回も教え子が集まるとの事だった。入院中もたくさんの方がお見舞いに来院された。ある日、緩和ケア病棟のカフェテリアで教え子を集めた同窓会が開催された。朝から妻は「かぼすぶり」の買い出しに行かれた。倦怠感のある彼であったが、椅子を用意しビニールのエプロンを着けて「かぼすぶり」をさばいた。三十名近い同窓生が集まった。校歌を歌ったり思い出話をされたりしていた。その時の彼はまさにりりしい教師の顔であった。

彼の横にはいつも妻がいた。妻は常に夫を支えていた。妻の心配をよそに彼はしたい事をして生きてきた。高校の教師を早期退職し庭師のプロに弟子入りした。妻の退職金をはたいて自宅の裏庭に庭園を造った。木々を植え、滝も造った。今でも電源を入れると庭園の滝は音を立てて流れるようになっている。妻は「夫は言っても聞かない人だから自由にやりたいようにさせる」と言っていた。

数十年連れ添った夫婦であったが、彼はなかなか感謝の言葉を口に出す人では無かった。しかし、病気を機に彼は感謝の言葉や愛情を表現するようになったとの事。彼は知り合いに会うと「僕の愛する奥さん」と妻を紹介した。常に「愛している」「感謝している」「ありがとう」を口にするようになったという。妻は照れていたが、とても嬉しそうで微笑ましかった。彼の中でも何かが変わっていたのであろう。

入院中に彼が希望したのは釣りであった。病気は終末期に達し、酸素をした状態で外出するのは困難であった。しかしそれを支えたのは主治医を始め妻や多くの仲間であった。9名の仲間が集まった。中には高校の教え子の子供（彼の釣りの弟子）もいた。幸い天気にも恵まれ、何匹もの魚を釣る事が出来たとの事。病室に戻り釣った魚を抱えて記念撮影した彼の顔は満面の笑みで疲労感は感じられなかった。釣りをした事で次の目標を考えられていた。彼の周りにはたくさんの仲間と笑顔があった。

生きる事の意味

朝病室を訪れると彼がつぶやいていた。

「今日も僕は生きていて朝日を見る事が出来た。こんな幸せな事はない。眠る時はいつも思う。明日の朝は眼が覚めるのだろうか、このまま死んでしまうんじゃなかろうか。だからこうして朝日を見ると生きている事を実感出来る。病気をしたからこそ生きている事の大切さがわかった」

その言葉を聞いて以来、朝彼と病室で会うと「今日も生きているありがとう」とハイタッチするようになった。彼はライオンコーヒーを好んでいた。朝の病室にライオンコーヒーの香りが漂っていた。生きて朝を迎えられた事に感謝して彼と妻とで一緒に飲んだライオンコーヒーの味や匂いは今でも忘れられないものである。

命の授業

「死ぬために緩和ケア病棟にやって来た」と彼は話した。しかし緩和ケア病棟で過ごすうちに彼の中で生きたい気持ちが強くなってきた。生きている事の幸せ、生きている事の意義を感じるようになっていた。そして今後どのように生きていくかを考えるようになっていた。元々高校教師であった彼に主治医が提案したのは命の授業であった。実際に高校に出向いて、彼の言葉で高校生に命の意味や生きる事について語って欲しいというものであった。妻は今の状態では無理ではないかと心配された。しかし彼はそうではなかった。講演会の日が決まってからは講演準備にいそしんだ。講演会をとても楽しみにされ、何度も主治医に本当に行けるのか、行って良いのかを確認されていた。講演前日には自宅に外泊されていたが、心配になり高校まで妻と下見に行ったとの事。

講演会当日、彼は命について高校生の前で生き生きと話をされた。あまりに熱中しすぎて途中で妻が止めたとの話もあった。高校生に対しての命の授業は素晴らしいものであると同時に興味深いものであった。命について考えた事もないであろう高校生に彼の思いは何処まで伝わったのか？

後日高校生の書いた感想文が病院の彼の元に届けられた。それを読ませてもらうと彼の命の授業は十分高校生の心に響いた事がわかった。命の大切さについて高校生が改めて感じていた。これは彼が生きた証でもあり、大きな功績だと思う。

穏やかな日々

緩和ケア病棟に入院して彼や妻も主治医やスタッフに打ち解け、穏やかな日々を過ごされていた。彼の笑顔は周りを明るくした。入院した時に感じていた何もしない、死ぬためにいく病棟のイメージは無くなっていた。彼も妻も気持ちを表出出来るようになっていた。「こんな場所でこんなに穏やかに過ごす事ができているんだったら早く来れば良かった。私ももしがんになったらこの病院の緩和ケア病棟に入院したい」と妻は話された。

「がんにはなったが幸せだった」彼も最期に言われた。

彼は妻や多くの家族に見守られて永眠された。その表情は穏やかであった。妻も入院中に頑張られ、看取る事が出来た事に満足されていた。

長女さんは彼が入院した事を機に緩和ケア認定薬剤師の資格を取り、転勤で現在は沖縄で働いているとの事。彼は身をもってたくさんの人に命の授業をしてくれたのだ。

「生きている事に感謝」

彼の言葉を胸に私は今日も看護師として働いている。彼と妻との出会いは私にとっても素晴らしい経験となった。


（終）

中野さんは自分の生きる姿を見せて、みんなに命の教育をしていた事が看護師さんの一文からも改めて分りました。

第3章　手記　中野さんの人生を物語るもう2編の手記

第1節　2003年夏　食道がん

さて、話は2016年の投書から13年前に遡ります。この年に中野さんは〝食道がん〟の手術をしたのでした。今から思えば最初のがんの始まりでした。

〝食道がん〟の手術をしていた事は既往歴から承知していましたが、当時の様子を書いた手記を奥さんが見つけて筆者に見せてくれました。読んでみると検診でがんが見つかり、がんの告知を受け、手術や抗がん剤等の治療の様子が鮮明に書かれていました。さらに当時の心境が克明に書かれていたのです。13年前のこの出来事を理解する事が、緩和ケア病棟に入院していた中野さんの心境、物語を理解し、本を執筆する助けになりました。これも奥さんの許可を得てここに転載して紹介します。

総合文芸誌「おおの路」2003年第16号　P60～P65から

「生キテイテヨカッタ」　中野正三

1）検診

数年前、胆嚢炎で開腹手術をして以来、戸次の天心堂病院に毎月検診に通っていた。胆嚢は切除してもう無いので術後の検診は終わっていたが、生活習慣病である高血圧と高脂血症で薬剤治療をしていた。改善されないので、なかなか放免してくれない。

昨年の8月9日が検診日で、早朝に戦没者慰霊碑の掃除をして病院に行った。前日から腹部に疼痛があり、清掃中にはかなり激しくなっていた。主治医のO医師に、「昨年の胆管結石と同じ痛み」と言うと、「このまま入院して下さい。明日内視鏡検査をしましょう」という事になって早速点滴を開始した。

ところが、数分後に痛みはピタリと止まった。

「先生、痛みが取れました」

「まだ鎮痛剤は入れてないですよ」

「全く痛みません」

「胆管から石が外れたのかなあ」と言って、胆管の辺りを押さえながら、

「痛みませんか？」

「全く痛みません。はずれたんでしょう」と言ってベッドに起き上がった。点滴の器具をはずして一刻も早く帰るつもりである。とその時、車を運転して来た奥さんが口を挟んだ。

「折角、検査する気になったところでしょう？　この際、全部精密検査してもらいましょうよ。

来月は、シルク・ロードに行くんでしょう？　検査をしないのなら行くのは駄目ですよ。先生、よろしくお願いします」

この一言で命拾いをする事になるのであるが、その時は入院を恨めしく思った。

まず、3日間絶食し、胆管の炎症を治療してその後に検査するので入院は10日間くらいであるという。診療所から少し離れた畑の中に新築した入院病棟がある。3階の建物で、1階は診療、処置室、2、3階が入院病棟である。病棟はそれぞれの病室ごとにバルコニーとそれに続く固有の庭園を持っていて、2、3階にありながら一戸建ての独立家屋の感じがする。個室や2人部屋が多く、広くて明るくて清潔で、看護師の方はやさしく丁寧であるから、ホテル住まいをしているような錯覚をするほど快適である。

病院は快適であるが、絶食には参った。腹具合でも悪ければ食欲も落ちてそれ程でもないだろうが、正常な食欲があるところを突然絶食するわけだから空腹を通り越して飢餓状態にある。O医師は前のY医師より人情の機微がわかる人であるが、数値主義者である事には変わりがないので、若干反発を感じながら、夜中に庭園に出て煙草で空腹を紛らわす。3日後に白血球の数値が正常になって炎症が治ったので、やっと重湯がでて絶食が解除された。ところが今度は検査が始まって朝食抜きや昼食抜きで、退院するまでは満足な食事にありつけなかった。結局、天心堂の入院は20日に及んだが、その間にO医師の予告通り体重は8キロ減、血圧、コレステロールは正常値になっていた。

2）告知

8月20日の午前10時頃、O医師が落ち着かない顔つきで病室に入ってきた。今日は人権擁護委員の仕事として「子供の人権相談日」を法務局で開設したのであるが、入院中で行けないので妻に陣中見舞いを届けてもらった。妻が9時頃病院に来た時、O医師に呼ばれて、何やら話をして大分に行った。

「きのうの胃カメラの結果ですが…… 奥さんには一応お伝えしたのですが…… 奥さんの話ですと中野さんは病状の告知は受けたくないとおっしゃったそうですね」

「そんな事を言っていましたか。私は別にかまわないんですが…… 昨日の検査の終わり頃、先生の様子が少しおかしかったので、さてはと思っていました。がんですか？ 〝食道がん〟とか」

「えっ？ ええ、それはそうなのですが、手術は出来るんじゃないかと思われます。がんは直径3、4センチでかなり大きいですが、動脈を避けているようですし、もちろん開けてみなければ分かりませんが…… 今大学病院のN先生に連絡をとって手術の日取りをお願いしたところです。手術でとれると思いますよ。それと表皮がんであれば転移も少ないかも知れないし、私は十分望みありだと思います……　奥さんとお話ししたのですね」

「いえ、家内とは話していません。〝食道がん〟と言ったのは単なる当てズッポーですが、がんでも〝食道がん〟でなければ良いがと思っていたもので、つい……　去年のどが痛かった時、家庭医学辞典で調べたところ、自覚症状が〝食道がん〟に大層よく似ておりました。しかも治癒率が大変低くて30パーセントと書かれていましたので印象に強く残っています。」

「その本は相当古いですよ。今は60パーセント以上になっていると思います。あの部位なら摘出可能です。私は悲観していません。開胸・開腹してみなければ断言は出来ませんが……　と前置きして治癒の可能性があると繰り返して、妻が帰り次第今後の事を話したいので連絡して欲しい」

と言って出て行った。

がんの告知を受けて、しかも〝食道がん〟は死の宣告に等しいと思っていた割には冷静でいるのに自分で驚いた。もっと動転して、半狂乱になると予想していたのであるが、実際はそんなエネルギーは出なくて、何もかも萎えてしまうような無力感に襲われた。

妻が法務局から帰って来た。その時、私はベッドに起きたり寝たり、新聞をたたんだり広げたり、水を飲んだり、部屋を歩き回ったり、ウロウロしていたと言うが、自分にはその記憶はない。

O医師から今後の事を聞く。手術前検査を天心堂で済ませて大学病院で手術する。手術日は9月

9日と決まった。大腸検査、胸腹部CT、食堂造影、肺機能、心臓エコー、耳鼻咽喉検査等を済ませて28日に退院して自宅に帰ってくつろぎ、翌29日に大学病院に入院した。

3）手術

入院してすぐに担当医、執刀医、担当看護師の方々の紹介と手術の説明を受けた。手術は、「食道全摘、胃による食道再建、三領域リンパ節切除」という事で、腹部切開、胸腹部、背中、喉に六カ所孔を開ける。所要時間は六時間前後、麻酔と輸血の承諾書にサインして初日は終了した。

入院日が金曜日だったので、土・日を休んで9月1日に手術のための全身精査をした。そこでがんの成長が異常に早い事が分かった。10日間で径が7ミリ拡大していた。猶予ならないという事で急遽手術日を3日に繰り上げた。前日の2日は消化管内視鏡、剃毛、入浴、点滴、麻酔説明、全身CTと大忙しであった。

8月20日にがんの告知を受けて二週間、不安定な恐怖感を持って検査を消化してきて、前日の夜は若干神妙な気分になっていた。手術中に何かアクシデントがあってそのまま目覚めなかったという事が無い事も無いわけで、気持ちを整理し区切りを付ける意味で何か書き残した方が良いかと考えた。

遺言・遺書となると切羽詰まった生々しい感じで怯んでしまって書けそうもない。結局、検査疲れもあって何も書かずに眠り込んでしまった。

手術は7時間に及んだらしいが、麻酔が醒めたのは集中治療室の中であった。身体中に管が纏いついている。人工呼吸器は勝手なリズムで呼吸を強制するので息苦しい。目覚めてじわりと生きている事を実感すると、うれしくてたまらなくなり、起き上がろうとするが、金縛りにあったように身体が全く動かない。もごもごしていると娘が気づいて、「目が醒めた？」と声をかけてきた。言いたい事が山ほどあってしゃべろうとするが声が出ない。バタバタしていると看護師さんが紙と鉛筆を貸してくれた。

筆談で、「今何時？」「手術は何時間？」「首尾は？」と矢継ぎ早に尋ねた。

「手術は7時間で、がんは全てとれた」と娘は応えたあと、カルテを見て輸血してないと驚いていた。娘は臨床検査技師だからカルテが読める。たまたま診療台の上にあったのをのぞき見したらしい。ちょうどある大学病院で未熟な医師2名が、手術で手間取り出血多量で死亡させたと報道されたばかりで、輸血なしは驚異であった。

昨年サンデー毎日が全国の名医ベスト20を部門別に公表したが、その中でN助教授は年間40数名の食道切除をした医師として紹介されていた。そうした医師との巡り逢いもまた運命である。

翌日朝、N医師が来て「全部取れましたよ。大丈夫です」と言って強く握手した。その日集中治療室の2日目、私のベッドから左の方の奥の衝立に遮られた一角から、読経のテープの声が聞こえてきた。全てが助かるわけではない事は十分承知のつもりでも、同じ集中治療室にいた者として無常の非情さを感じて厳粛な気持ちになった。

人工呼吸器をはずすと残りの管は数本になり、身軽になったところで看護師が「歩いてみますか?」と言う。昨日の今日でちょっと怖じ気づいたが、術後は出来るだけ早く身体を動かした方が良いというので思い切って歩いてみるとなんとか歩ける。

「大丈夫ですね。じゃオシッコの管を取りましょう。明日には個室の方に移って頂きます」という事になって、集中治療室は2日間だけで5日に個室に移った。

個室の窓いっぱいに高崎山の奇怪な山容があり、夕焼けの空を背景にドス黒くたれ込めたように見えて不気味であった。

家族は市内の親類の家に引き上げたので8時頃には全く1人になった。ひとりでに頬が緩んで笑いがこみ上げてくる。生きている事がたまらなく嬉しいのである。呼吸器ははずれてトイレに行けるといっても、喉の筋肉を横に断ち切っているので、ベッドに起き上がるのに5分はかかる。治療や栄養といった生命維持はすべて点滴に頼っていて、身体中が痛くて不快の極みであっても、「生きている」と思うとそれだけで嬉しくてたまらない。これは全く予想外であった。私たちは他の生き物と同様にエコロジーの中で、生も死も受け入れやすく作られているのかも知れない。

4）オバケ

30代の中頃、〝メニエール氏病〟に罹って以来持病になってしまって、心身の疲れがたまると発病するようになった。今回の手術では長時間の全身麻酔が続いたからであろう、酷い幻覚症状が現れた。目を瞑ると身体がぐるぐる回り出し上下の平衡感覚が無くなる。目を開けると正常に返るのであるが、今回は違った。目を開けても天井や窓が動き回る。そのうちに自分で好きなように動かせるようになった。病室の天井にはレールがあって点滴の器具などを吊す自在鈎のような金具があるが、それを見つめているとレールに沿って猛烈なスピードで回り出す。ドアも開けようと思えば激しい勢いで開く。閉じる時は毀れるように閉まる。さらにひどくなり、エスカレートして壁や床が蠕動運動を始めた。と同時に船酔い気分が起きてムカムカしてきた。あわてて起き直って目を凝らすとやっと収まった。気分は正気であるのに幻覚が起きる。しかも鮮明に見えるから面白いが不気味でもある。真夜中を過ぎる頃からお化けが出るようになった。夕方、高崎山が陰鬱に見えた事が原因なのか、中腹の岩が砕けて無数の破片になりその破片からオバケが生まれる。からかさのオバケや一つ目小僧、ロクロ首など、水木しげるのゲゲゲの鬼太郎のオバケが多い。無数のオバケがうじゃうじゃいるが、自分の姿をイメージ出来ないのでボケた顔をしたのが多い。それらのオバケがテレビのブラウン管に入り込んでしきりに手招きする。意地悪な顔つきでニタニタして、一緒に騒ごうと誘うのである。取り合わないでいると、だんだん狂暴になってブラウン管から乗り出して襟を掴もうとする。恐くなって力一杯振り払うと一瞬に全部が消えてしまった。疲れて眠ろうとして目を閉じるとまたオバケが現れる。午前二時頃我慢出来なくなって看護師を呼んだ。

「ブラウン管のオバケを見ているんですね。一緒に遊んだりしていませんね」

「ハイ、うす気味が悪くて遊ぶ気にはなりません」

「なら大丈夫です。すぐ治まります。一緒に遊んでいる人はしばらくかかりますが、あなたはもう見ないかも知れません。また出たら呼んで下さい」

と言って出て行った。彼女の言うとおりその後オバケを見ようと努めても二度と見る事は出来なかった。

5）入院生活

個室は1日だけで、6日には306号室に移った。私が入院しているのは第2外科病棟でベッド数は60余である。第2外科は肋骨内の手術をする外科で、心臓が30、〝肺がん〟が15、〝食道がん〟が5、6名で心臓患者が圧倒的に多い。食道全摘再建手術の場合、胃袋を引き上げて直接喉に繋ぐのであるが、胃袋を肋骨の前に出して繋ぐ型、胃袋を肋骨の後つまり背中に出して繋ぐ型、それから肋骨の中で繋ぐ本来の型の3つがある。胃袋を肋骨の前後に出す手術は手が届くのでやりやすいが、胸や背中に胃袋が出ているので治療後の生活で何かと不都合である。肋骨内再建が望ましいが、肋骨内で手が届かないので開腹して更に六カ所孔を開け、器具を入れて手術する。私の場合は肋骨内再建をしてくれたので長時間を要したのである。

同室者は心臓も〝肺がん〟も混じっている。いずれも難病であるから入院のベテランが多い。Sさんは〝肺がん〟であるが腫瘍が大きいので切除出来ない。抗がん剤で小さくしてから手術する。Wさんは腎臓・大腸のがんを取って今回は肺の転移が見つかり3度目の手術となる。Tさんは息子さんが大学病院の医師で担当ではないが良く見舞いに来ていた。経過が良くなくて退院後しばらくして亡くなられた。

「同病相憐れむ」というが、患者同士実に仲が良い。気取りも体裁もなく本音で話し合う。生死の境をさまよった者が獲得した死生観を共有しているので一度話をすれば、すぐに親しくなれるようである。

6）生きていて良かった

術後2週間で一応退院したが、標本検査でがんが見つかり一ヶ月の抗がん剤治療をして11月7

日に退院した。以来毎月1回検診に通っているが、今のところ再発も転移もなく順調に推移している。

生きている事を実感する事から全てが始まる。生きている実感があれば、苦難、悲嘆、絶望などは吹き飛んでしまう。「死ぬほど辛い」、「死んだ方がまし」などと言うが、生死は天命、喜怒哀楽は人事である。次元が違うので一緒には扱えない。人事は如何ようにでも料理できる。ことわざのとおりに人事を尽くして天命を待てば良い。まさに「命あってのもの種」である。

（終）

この手記には中野さんが〝食道がん〟に罹患した当時の心境が赤裸々に語られていました。筆者が印象的だったのは、〝食道がん〟の手術が終わって間もなくまだ痛みがあり、人工呼吸器が作動している時の事です。麻酔から醒めて、呼吸困難感がある中で「生きていて良かった」とにんまりする中野さんのその笑顔が想像できます。当時から数えて13年目、そのポリシーは〝肺がん〟に罹患しても全く変わっていなかったのですね。

13年前の〝食道がん〟の手術後には奥さんとニュージーランドに旅行したと聞いています。ちなみに2回目の〝前立腺がん〟の後にはバリ島、エジプト、スイス、ドイツなど。3回目の〝肺がん〟の後にはカナダでオーロラを見に行こうと話していたそうです。

第2節　２０１５年秋　緩和ケアの身

この頃は手術不能な〝肺がん〟の告知を受けて最後の治療をしていた時期です。緩和ケア病棟に入院する直前の心境が書かれている手記がありました。

これは巻頭の〝肺がん〟の告知を綴った「ボケシリーズ（Ⅲ）終活（1）」に書かれていた続きだと後で分りました。中野さんは編集委員の一人でもあります。ここに転載します。

総合文芸誌「おおの路」２０１５年第37号　P49〜P51から

ボケシリーズ（Ⅲ）　終活（2）　中野正三

1）免疫

すべての生物が獲得したものに免疫がある。免疫は外敵を攻撃する機能で、動植物はこの機能で保持されている。がんは身内の細胞が悪性の腫瘍に変化したものであるから身内であり外敵とはみなされない。それどころか、がんを叩く抗がん剤を入れると、これを外敵とみなして攻撃する事になる。したがって抗がん剤は、結果的に免疫機能も叩く事になりかねないのである。

だから、抗がん剤を入れると白血球が減り、様々な副作用が出て衰弱する。体力の消耗が激しく、抗がん剤が打てなくなるとがんの異常増殖を止められなくなり臨終となる。がんは切除出来なければ消滅する事は難しいので延命治療という事になる。

延命治療に入ったといっても、特に一般の病人と大差があるわけではない。死に至る病気が分かっているかどうかの違い位で、あとは五十歩百歩である。

私たちの歳になると、健康な人でも余命10年はなかなか難しいので、さほど深刻には受け取られていないし、医者も延命治療を平然と予告する。

2）再び自他不二と免疫

以前、医者と和尚の対話を紹介した時、

医者「仏教には自他不二という言葉があり、自分と他人は同じであって別物ではないと言いますが、生物には免疫というのがあって異物を攻撃するのです。なかなか自他不二は言えないのが現実です」 すると

和尚「免疫は自他ともにあるのでしょう？　ならば自他不二でしょう」

エコの世界を俯瞰すると弱肉強食による食物連鎖が見える。これを個々で見るか、全体を弁証法的に俯瞰するかによって是非が分かれる。数学でもXのn乗にn個の答えがあるが、一次式には答えは一つである。私たちは「分かりましたか？」と言われれば「分りました」と答える。

物事を「分解して理解する癖」がついているようである。数学や物理等、自然科学では次元を統一すれば足りるし、共通理解を得られやすいが、人文科学や社会科学の場合は次元の統一が困難である。分野では統一したつもりでも、個人の思考分野では、真善美を優先したり、正誤真偽を重視したり、喜怒哀楽に偏ったり、欲得怨恨に振り回されたりする。なかなか思考の次元が揃わないのである。これは自他で揃わないだけではなく、個人でも大層むつかしい問題である。

この事については、古来、洋の東西で様々な論議が交わされている。

ヘラクレイトスは紀元前6世紀のギリシャ自然哲学者で、「アルケー（万物の根源）は火である」と言った。火というのは根源と訳すより象徴の方が良いと思うが、火を変化・現象ととらえ、「万物は流転する」という言葉を残した。これが弁証法の起こりでヨーロッパ無常観の出発点となる。その後、彼の説はソクラテスの問答法に引き継がれる。

プロタゴラスは紀元前5世紀のギリシャ最初のソフィストで、「人間は万物の尺度である」との名言を残している。認識が自然界と同様に「相対的」で「流動的」で絶対的な知識・価値・道徳は存在しないとした。したがって社会を動かすには我田引水の弁論術こそ有効とプロの弁論家として活動したが、後継者は詭弁論に堕した。彼の絶対的価値の否定は、仏教の「無や空」に極めて類似している。

デモクリトスは紀元前4世紀前半の人で原子論を唱えた。アトモン（不可分割の微細粒子）とその運動する場で物体が生成され、位置・配列・温度硬軟・集積度等で各種の物体に分化するとした。釈迦が等質不変の微細粒子が疎密に集積して宇宙を形成していると言ったのとよく似ている。

ソクラテスは紀元前4世紀後半の人で、ペロポネクスの敗戦を経験した。彼はアイロニーによる問答で、人を導き、知徳会一を目指した。自然哲学のロゴスを活用して心の幸福（アレティ）を求めたが、ポリス主義を克服できず、「悪法もまた法なり」の言葉を残して刑死した。

ディオゲネス。彼は紀元前4世紀の後半に出た。犬儒派の哲学者で、アレクサンドル大王が「私に出来る事はないか」と尋ねると、「日向ぼっこの邪魔だからそこを退け」と言ったという。彼はマケドニアのポリス社会制服によってポリス主義が崩壊し、「コスモポリタニズム」が成立したと考えた。世界市民主義と訳すが、別に市民法があるわけではないので、個人が国家から完全に解放されたと宣言したのである。彼以後三百年の世界をヘレニズムという。この間がヨーロッパ文明の骨格と呼ばれるキリスト教とローマ法である。両者ともにポリス主義克服という共通点をもち、世界市民の理想を描くものであった。

紀元前500年頃から500年間、インドとギリシャ、ローマの思想に極めて類似性が高いように見受けられる。両者はイラン高原を挟んで数1000キロの位置にあり、その間の交通は極めて良好である。古代エジプトの代表的な宝石であるラピス・ラズリは、パミール高原産であり、アーリア人の南下以前に西アジア交通網は充分に整備されていた。さらに、イランアーリアとインドアーリアは、ほぼ同時代と推定されている。インドとイラン（ペルシャ帝国）さらに西方ギリシャ世界との文化的・思想的交流があっても不思議ではないのだが、その史実はない。

インドアーリアは侵入後、征服民を支配する確固としたカースト社会を築き、神への賛歌であるヴェーダを残している。これはギリシャの自然哲学に双肩するもので、0（ゼロ）の発見や、梵我一如のウパニシャド哲学を創設した。ギリシャ人もマケドニアからペロソネソスへ南下して先住民を征服し、身分制の強い軍事ポリスを多数構築し、互いに争った。

両文明はこのような共通基盤のもとで、同じような自然哲学を創始する。ヴェーダとイオニア学派である。そしてそれは弁証法（無常観）を生み、相対主義に進む。ヘラクレイトスはアルケーを「火」とし、釈迦は「五〇皆空」とした。

エコロジーの世界は、戦争と平和が共存し、寛容と排斥が同時進行している。免疫力で他を攻撃しないから、他方で互いに助け合っている。

唯、人間以外は本能的に行動しているだけで「意識」は無いと思われる。人間は本能を意識にのぼらせた事から、他の生物と分離したらしい。

動物の本能が意識として顕在化したという事が正しいのであれば、人間の文化の基調はエコにある事になり、価値基準は全てエコに帰結する。

エコはそれ自体無目的で、偶然の結果の必然で、それ自身無意味である。まさに仏教の空の理論で真善美や真偽正誤・喜怒哀楽も無意味である。ただそれらの価値観が、いずれもエコの本能に起因しているので簡単に取り除くわけにはいかない。つまり、良し悪しはないけれど、それらに気を煩わすのは仕方がない事なのであろう。仏教では煩悩の全てに融通無碍で寛容である。
明治政府によって禁止されたが、「即身仏」という修行があった。生きる事そのものが我欲妄執の虜になるとして餓死する激しい修行であるが、私のように脳にがんが転移して手術が出来ず、延命治療に入ると煩悩の大部分は雲散霧消する。死が現実味を持つと、煩悩はあまり意味を持たないようで苦行をしないで、その点だけは解脱できるようである。

（終）

［**筆者解説**］

弁証法

弁証法を分りやすく言うと、互いに矛盾して対立するかに見える二つの物に対して、どちらかを否定したり割り切るのではなく、両者を肯定して統合し、より良い案を生み出して高みに向かってゆく技術の事。

問答法

ソクラテスの問答法とは、相手が「わかっている」と思っている事に対して、質問を繰り返す事で、考えの矛盾に気づかせるという物。

この手記は、ほぼ手帳に書かれている中野さんの魂の記録とダブります。13年前の〝食道がん〟の手術の時から死と隣り合わせにいた中野さんならではです。死を実感した事など全く無い筆者には、理解しようとする事すらおこがましい。しかしながら中野さんに一つだけ言わせて下さい。がんと身体の免疫と相反する命題（自他不二）を哲学的な手法を使って、大いなるエコの観点から理解しようと努力していた事だけは分りました。

詳しくは次章で証明します。

第4章

七転び八起き　暗中模索しながら2冊の手帳とともに

2月の後半から手帳の内容が日記ではなく、心の葛藤を仏教的に、哲学的に、儒教的に書かれていたのはご覧頂いたとおりです。「第1章　命の授業　「生きていて良かった」講演会」ではその解釈をスルーしてきましたが、ここでは性根を入れて解説してみます。

第1節　手帳から読み取る仏教談義

中野さんの手帳の中には、キーとなる仏教の難解な言葉が二つありそうです。自他不二と梵我一如です。それについて考えてみましょう。ここが筆者の人間力を高める正念場です。

まずは辞書で調べた結果です。

自他不二《じたふじ》

自他不二とは自分と他人とは別人でありながら、しかも不二の存在であるという考え方。誰にとっても最も愛おしいものは己自身であるが、他人にとっても同様である。ゆえに自己を愛する者は他人を愛し守る者でなければならないという考え方。

梵《ぼん》我《が》一如《いちにょ》

梵我一如とは、梵（ブラフマン：宇宙を支配する原理）と我（アートマン：個人を支配する原理）が同一である事を知る事により、永遠の至福に到達しようとする思想。古代インドにおけるヴェーダの究極の悟りとされる。

宇宙の全てを司るブラフマンは不滅のものであり、それとアートマンが同一であるのなら、当然にアートマンも不滅のものである。すなわち個人の肉体が死を迎えても、アートマンは永遠に存続するという事であり、またアートマンが死後に新しい肉体を得る輪廻の根拠でもある。

［筆者解説］

ヴェーダ

ヴェーダとは紀元前に編纂された一連の宗教書の総称。「知識」を意味する。

う～む！　さっぱり分らん。

中野さんは自分個人の肉体ががんに冒されていたとしても、自分と宇宙とが同一であると意識する事により死を納得しようとしていた、死を超越しようとしていたのだろうか？　一つの単語を調べたら10知らない単語が出てくる。ここは専門家に話を聞いた方が良さそうだ！　大分県豊後大野市乗蓮寺住職の村上さんに話を聞きに行きました。以下は凡人である筆者と住職との会話です。

凡人　主治医の目線で患者さんを看取りした時、良い看取りが出来たと自己満足しているだけでした。亡くなって4年後に中野さんが使用していた当時の手帳を2冊見ました。その中には……　決して我々に見せる事がなかった死に対する葛藤が書かれていました。しかも凡人には分らない、仏教的な事がたくさん書かれていました。今日は専門家からヒントを伺おうと思い、おじゃまさせて頂きました。
住職　電話でちょっとだけ話を伺い、すごい人だと思い、直接先生から話を聴きたかったのです。
凡人　ありがとうございます。手帳の中には以下のように書いています。

①生きていてよかった　↓　食道がんの経過　（アルツハイマー認知症の進行を経て）↓　前立腺がん　↓　肺がん　↓小脳・大脳転移
②緩和ケアの実態の紹介
治療方法がない　↓　延命治療　↓治療方法なし　↓　絶望?
↓朝の目覚め・・・・　↓　生きている実感、ヨロコビ
③がんと免疫力との関係
がん＝身内の細胞ががん化したもの

↓　免疫力が働かない、　抗がん剤を攻撃
↓　エコリズムは戦争で共生は平和である　エゴロジーは戦争と平和のテーマ
④自他不二　↓　梵我一如
自己保存　↓　外敵攻撃（戦争）
種の維持・発展　↓　共生・協力（平和）　これこそ梵我一如
免疫は外敵を攻撃　↓　共生・協力を放棄
＝　本能　＝　無意識
＝　智情意（意識の種類）、　真善美（意識の価値）、　喜怒哀楽（三毒）
すべて受け入れてこそ梵我一如
⑤自己保存　外敵攻撃　戦争　平和　共生・協力
煩悩　：　三毒　：　貪瞋痴　＋－ゼロ

凡人　まず、自他不二とは？
住職　肉体だけでなく精神、自分を取り巻く環境までも視野に入れて健康というものを見ると、自然、地球、そして宇宙が関わっている。つまり、私たちは自分以外の生き物を通じて、自然を通じて、地球や宇宙を通じて、みんな繋がっている。私とあなたは切り離せない。

私と自然も切り離せない。みんな繋がっている。
と、命の尊さを伝えたかったのではないでしょうか。この手帳を拝見すると、この人は非常に勉強している事が分ります。しかも仏教だけではなく、儒学、哲学も。

凡人　何となく分るような気がします。患者さんは朝目覚めて、生きていて良かった喜びを伝えたかった！　と同時に生態系の世界は熾烈な生存競争を経て共存に至る。がんと自分との共存を目指していたと思うのですが？

住職　そうですね。がんとの共存の中に、理解しているが納得できずに葛藤している時期があって、少しずつ納得に近づけたのではないでしょうか?!

凡人　がんとの共存とは？

住職　例えば人間に巣くう寄生虫、サナダムシなんかは人間に寄生します。人間の体内で成長しますが、人間を殺すまでは成長しない。サナダムシは自分が死んで卵を残します。そして人間が回復してくると卵が成長してまた人間に寄生する。がん細胞もサナダムシと同じように外敵であるが、がん細胞は自分の細胞がほんの少し変化しているだけ。
免疫は本能で外敵を攻撃する。抗がん剤はがん細胞を攻撃するが、自分自身の細胞も攻撃してしまう。がん細胞が完全な外敵なら免疫は本能でがん細胞を攻撃するのに……　免疫の本能を意識化出来ると全てを受け入れる事が出来る、すなわちがんとの共生であり平和

凡人　である。その状態が梵我一如です。

凡人　サナダムシの例えはよく分ります。自分の分身とも言えるがん細胞はヒトに寄生して衰弱させるが、自分を滅ぼすまでは攻撃しないであろう（と思いたい）。弱肉強食の自然界でも99％免疫機能が機能して共生（平和）であるならば、自分とがんとは共生できるという事ですね。そして免疫機能がなければヒトは生きられない。免疫＝自他不二ですね。それでは梵我一如とは？

住職　人間の煩悩、即ち三毒（貪《とん》・瞋《じん》・痴《ち》）を克服できれば解脱出来る。救われる。還相回向です。この解脱した状態が梵我一如です。

梵我一如は一言で言えば解脱する事です。輪廻を苦痛とするとは、輪廻から逃れた状態です。スピリチュアルの世界観を味わっているように思います。我は私で、肉体が滅しても転生して存在する。無数の細胞から出来ている肉体は、無数の原子で出来ている。肉体・細胞・原子の根本原理は一つの同じ力と考える。よって、全てが差別、区別なく一つである。私は死んでも存在する。という事を理解しようとしていたのではないでしょうか？

凡人　あまり分りません。

住職　罪を犯して死刑となった囚人は朝、一番元気がない。死刑執行はその日の朝に言い渡されるから。朝刑務所から何も言われなかった瞬間から、囚人は元気になる。今日一日生きる事が出来る。生きていて良かったと思うのです。同じように中野さんも、緩和ケアの身分になって初めて、朝を迎えられて良かった、今日も生きて目覚める事ができた、この生かされた命を大切にしようと思えたのでしょう！

凡人　分ります。

住職　その境地になるまで儒教、仏教、哲学を独学で勉強して現実を受け入れようと葛藤していたのではないでしょうか。

凡人　ありがとうございます。なんとなく分ったような気がしてきました。

［筆者解説］

還《げん》相《そう》回《え》向《こう》

浄土宗大辞典の力を借りて還相回向を調べてみると、自己の功徳を他の人に振り向けて、ともに浄土に生まれようと願う事を往相回向といい、浄土に往生した者が再びこの穢土（迷いの世界）に還ってきて、人々を教導し共に浄土へ向かう事を還相回向という。

梵我一如

念のためにもう一回わかりやすく梵我一如を調べてみます。全ての答えが、心の中にあって、それが宇宙の真理と繋がっているので、心の中から生まれてくる「意欲」に沿った生き方が正しい生き方だという考えです。死後も意識はそのまま残り、また生まれ変わり、新しい人生を始めます。この真理をつかんだ人は、もう生まれ変わる事なく、意識界で様々な仕事をする事になります。

さらに問答を続けます。

凡人　次に人間の煩悩を少し詳しく教えて下さい。

住職　三毒とは貪瞋痴

貪とは、即ちむさぼり（必要以上に）求める心

瞋とは、即ち自分の思うようにならない怒り、にくしみ

痴とは、即ち愚痴、真理に対する無知の心、おろかさ

この三毒を克服してこそ解脱出来る。救われる。

これが即ち梵我一如です。還相回向の思想です。仏教の無我とは違います。

凡人　最初に辞書で調べたブラフマンとかアートマンとか理解出来ませんでしたが、今は分ったような気がしてきました。

同じような事を別のページに書いています。

生きていて良かった。がんの絶望　↓　朝のめざめの瞬間生きていてよかった……

13年間のよろこび　↓　緩和ケア患者の特権である。

免疫＝自他不二

和尚の言葉に「自（アートマン）」と「我（ブラフマン）」は一体である。この免疫機能がなければ生きられない。免疫機能のジューターンで過ごす。免疫は外敵に対する防御機能ですから、戦争を仕掛けます。　自然界では戦争は自己保存のための必要不可欠な機能です。がんは身内の細胞が変化してきた異物であって見方によっては、がんは味方ですから攻撃しません。逆に抗がん剤を敵とみて攻撃する「逆転」が生じます。

「共生」は平和、協調、妥協。慈悲は免疫のうらの姿に当たる平和の部分です。

戦争と平和は3500年の人類のテーマです。

なんとなく分ったような気がします。皆さんは如何ですか？

［**筆者解説**］

梵我一如

もう一度梵我一如を今度は分りやすいYAHOO！知恵袋で調べてみます。3度目ですね。アートマンですが、これが「個人の本質」です。個人の心の中にあって、我とか呼吸とかの意味で、訳されています。

次にブラフマンですが、これは「大宇宙の本体」の事です。初めはヴェーダの賛歌、祝詞という意味がありましたが、その本質としての神秘力から、のちに世界の根本的創造原理とされ、宇宙の最高原理と考えられるようになっています。

で、梵我一如ですが、この「大宇宙の本体」であるブラフマンと、「個人の本質」であるアートマンの一体を説くのが、梵我一如です。

少しずつ理解が深まっていくような気がします。

しかし、これは永遠のテーマでしょう。今ここで完全に理解するという事は、筆者がこの人間社会の中で苦行する事なく煩悩を雲散霧消できる事、解脱するという事であって釈迦と同じステージに到達するのと同じ事ではないでしょうか！　この事を大学の先輩でもある別の仏教の達人に尋ねてみました。
　仏教の達人によると、「仏教の中には『聖道門』と『浄土門』とがあり、苦行しないと解脱できないと考えるのは『聖道門』。『浄土門』には苦行は不要だ」と教えてくれました。さらに「仏教の救いはこの世の救いと質が異なり、老病死に直面してこの世での救いを実現している人はそれで良いのですが、なかなか救いが実現できない人にも無条件に救いを実現する道を教えているのが浄土教です（法然、親鸞）。だから緩和ケアの現場にはピッタリなのですが……。筆者が使っている凡人とは実は悟りの世界です。凡人、凡夫と気づければ（目覚めれば）無条件に念仏で救われます。凡夫と目覚めるまでが大変なのですが…」と教えてくれました。

［筆者解説］
聖道門《しょうどうもん》、浄土門
　「聖道門」とは自力の修行で仏になろうとする教え　「浄土門」とは阿弥陀如来の本願以外に私たちの救われる道は無いという教え仏教は、人間は「常楽我浄」を目指していると言い当てます。「常」とは安定して変わらないこと、「楽」は苦や不安のない状態、「我」はしっかりした信念のある自分、「浄」は虚偽のない清い世界、理想の世界です。

ここで改めて中野さんの手記「２０１５年秋　緩和ケアの身」を読み直してみました。そして極めて凡人である筆者が少しだけ勉強した事です。決して凡夫と目覚めているわけではありません。

人間は誰からも教えてもらっていないのに幸せを目指して生きています。仏教では、「常楽我浄《じょうらくがじょう》」を目指していると言うそうです。「常」とは安定して変わらない事、「楽」とは苦や不安のない状態、「我」とは信念のある自分、「浄」とは嘘偽りのない清い世界、理想の世界です。

そしてこの世の世界では「常楽我浄」は無いと言います。矛盾しているように思えますが、無いものを追い求める結果、「苦」の生き方をしている事になります。しかし仏の世界には「常楽我浄」がある。これでは仏の世界に入らなければ、言い換えれば苦行しなければ解脱ができない、心の安寧が得られない事になります。苦行せずに解脱できる方法はありませんか？

ありました。「浄土門」でしたね。そしてがんに罹患したら誰でも中野さんと同じ心境になれるのでしょうか？

つまり中野さんは手術不能の肺がんに直面して（言い換えると緩和ケアの身になって）この現世で『浄土門』を実現していた事になるのですね。そして著者は中野さんの手帳を見て凡人と目覚めた事になるのでしょうか？　こんな事を書くと仏教の達人に笑われそうです。

元より1〜2時間の話を伺うだけで、仏教の世界を知るのは不可能だと悟りましたが、以上が自分の理解の範囲で中野さんの葛藤を読み解いた答えです。

死の床では、緩和ケアというスピリチュアル以外に、宗教者の関わるスピリチュアルの世界があるのだとよく分りました。

第2節　手帳から読み取る哲学談義

手帳に書かれている哲学的な言葉とその意味とが仏教と同じように難解すぎて凡人には理解しがたいので、哲人に話を伺おうと思います。

が、その前に基礎知識が必要なため、「山中哲人の哲学ノオト」を凡人が調べて理解した事を述べます。例によって凡人である筆者と哲人として山中先生との問答として記述しました。

そもそも中野さんの手帳がなければ、一生、山中哲人さんの存在を筆者が知る事はなかったでしょう。

凡人　そもそも哲学って何ですか？　何のために生まれた学問なのですか？

山中　哲学はそれ以上遡って問う事が出来ない究極の原理を問い、そこから森羅万象の本質を明らかにしようとする学問です。

凡人　哲学を学ぶのは難しい事ですか？

山中　哲学者にはすべての人が成り得ます。というのも、哲学は物事の究極の本質を問うあり方を指しているので、すべての人が何らかの形で哲学に関わっているからです。少しだけ掘り下げてみましょう。たとえば、数学者とスポーツ選手とでは、関わっている対象が異なっています。数学者が数学に関わっていながら、いつかマラソンをしなければならないといった必然性はありません。しかし、数学者も、スポーツ選手も、「数学とは何か」とか「スポーツとは何か」といった問いに直面する必然性はあるでしょうし、そうした問いに直面する中で、「存在とは何か」とか「善とは何か」といったより普遍的な問題に気づいていく事はあり得るでしょう。
そうした問いに直面するのは、各人がそれぞれの現実に直面する中で際立った問いに行きつく一つの可能性としてあり得るからです。

凡人　なる程、中野さんが死に対する葛藤を、生命現象という森羅万象の根本原因について理性的に洞察しようとしたのですね。

ところで中野さんは哲学的にだけでなく、仏教的にも答えを求めようとしていましたが、哲学的にも答えが必要だったのでしょうか？

山中　個人が自覚的に思考して得られる理性的な洞察こそが試金石なのであって、宗教のように、宗教的政治的権威によって支えられた何らかの物語を知識として受容して哲学が成立するのでは決してありません。

凡人　分ります。

山中　人が哲学者であり得るのは、何かに関わりながら根本的な問いに直面して、それに応答しようとする時なのであって、そうした根本的な問いは、特定の専門家が答えを出せばそれで済むという風にはなっていません。哲学的な問いは各人が生きている現実そのものなのであって、その現実を離れては意味をなさないからです。学問そのものにとっても、哲学が学問に生命を吹き込むのであって、哲学を欠いた学問はその自立的な存在意義を失って必ず活気を失ってしまうでしょう。

凡人　分ります。分ります。これこそが中野さんが哲学を求めた理由ですね！　それで、中野さんは哲学的な答えを見つけたのでしょうか？

山中　哲学は「答えの出ない問題」を漠然と考えるのではなくて、むしろ私たちが暗々裏の内に「出してしまっている答え」を自覚に持たらし、吟味するという役割があります。

哲学者と大多数の人が異なるのは、大多数の人がすでに自分が持っている「答え」を敢えて疑わないのに対し、哲学者は積極的に吟味にかけ、出来合いの答えに甘んじる事が無いという点だけです。

凡人　大変よく分ります。中野さんが求めていたように、哲学は一般の人にも何か役に立つのですか？

山中　哲学は生きた対話や、思考の自由、概念の創造といった至高の価値を直接実現させながら、理性的な洞察という人間の尊厳そのものを活き活きと表現するものだといえるでしょう

凡人　何か心が洗われたような気がします。紙面の中とはいえ山中先生ありがとうございました。これも中野さんが命の授業を筆者にしてくれた証ですね。中野さんのおかげで筆者も成長させてもらっています。ありがとうございます。

これを踏まえて手帳を見てみましょう。以下の記載がありました。筆者が感じている哲学と一部儒学と思われる部分です。そのままここに書き写します。（写真10）

わかる　わからん

＝分る　解らん

分けると解って、分けないと解かる
＝分けると答えは分けただけ多くなり、分けなければ一つですむ。
y=mx=x の n乗＝ n個答えがある ↓ どれが正解か分からない
y=x の0乗ならば y=1 である
日常生活で生活には 哲学心、理学、天文学、生物、エコロジーすべてで
結論は出ていない
守には「心」は一つに分けるべきでは無いといっている

我思う故に我有りといった「コゴトエルスス？」である
認識を誤って分かっている自分は真の自分だが、エゴを徹底する自分である
自己嫌悪 ↓ ナルシスト ↓ 自己嫌悪の思想で自己嫌悪だけは絶対やれない
その時に自己はエゴ少なくして自己を許容する尊厳性を身につける
これはエゴではなくソクラテスの言うアレティ（善意）で…… 共通する最適な真理
である
プラトンの「イデア」とアリストテレスの「エイドス」
王賜明が「心即理」と説いたのとデカルトが「コゴトエルスス？」と言ったのは……のようで

ある

無常観と弁証法　↓　ヘーゲル　↓　梵我一如に帰結する

［**筆者解説**］

イデア

イデアとはプラトン哲学の根本用語　プラトンは、イデアという言葉で、我々の肉眼に見える形ではなく、言ってみれば「心の目」「魂の目」によって洞察される純粋な形、つまり「ものごとの真の姿」や「ものごとの原型」に言及している。

エイドス

エイドスとは外部から見た印象（外観）の事。外観は内部事情と相違がある。アイドルの語源。

心即理《しんそくり》

心即理：陽明学の理念。人間は、生まれた時から心と理（体）は一体であり、心が後から付け加わったものでは無い。その心が私欲により曇っていなければ、心の本来のあり方が理と合致するので、心の外の物事や心の外の理はない。よって、心は即ち理であると王賜明が定義した。

それでは実際に中野さんが哲学的に生命現象をどこまで捉えていたのか、大分に在住の哲学者、志水健一氏に手帳を見てもらって話を聞きました。

凡人　手帳の中の語句が不明な部分から教えて下さい。まず、「コゴトエルスス？」とは？

志水　「コギトエルゴスム」でデカルトの言葉です。デカルトは全てを疑いました。疑う自分だけは疑い得ない。だから「疑う故に我あり」即ち「我思う故に我あり」なのです。

凡人　中野さんの気持ちと何か関係がありますか？

志水　それは分りません。デカルトは自分と自然とを分けて考えているのです。医学の発展は人間を自然と一体と考えたわけではなく、人間を機械として対象化してきたからこそ発展してきたのです。

凡人　今の話を伺うと、中野さんが仏教の中で納得している梵我一如の世界と矛盾しているように思えますが……。何故中野さんにとって哲学が必要だったのでしょうか？

志水　宗教は信じるか、信じないかで分かれます。中野さんは仏教の世界観と哲学的な世界観とを融合させたかったのではないかと思われるのです。ただその過程に悲壮感や死の恐怖は感じません。

凡人　ありがとうございます。仏教の理解と哲学とを融合させようとしていたのですね。他の言葉はどうですか？

志水　哲学の知識を持ってしても手帳の語句の解明は難しい。そして書いている言葉に統一性がありません。この記録は最後の最期になって書かれたような気がします。繰り返しになりますが、仏教的に得られる安寧を何とか哲学的にも納得させようと模索しているように見えます。

凡人　哲人にも難しいのですね。大変ありがとうございました。

手帳の中には凡人が推し量る事が出来ない難解な単語が散りばめられていましたが、哲人に伺っても結局真相は分りませんでした。ただその意味を各論的に一つ一つ解析する事に何か意味があるのだろうかと思うようになってきました。きっと答えは中野さん自身の頭の中にあるのであって、他人がそれを理解しようとするのは不可能ですね。ただ仏教談義よりは、哲学談義は概念的に理解しやすいと感じました。きっと哲学の総論が少しだけ分ったような気がしたからでしょう。

そして中野さんの手帳から、哲学者と大多数の人が異なるのは、大多数の人が既に自分が持っている「答え」を敢えて疑わないのに対し、哲学者は積極的に吟味にかけ、出来合いの答えに甘んじる事が無いと教わりました。緩和ケアの身となって「死」という命題に取り組む上で、この哲学が中野さんにとって必要な事だったのですね。
これはまた筆者自身の死に対する理解を深める結果になりました。
それでは手帳の残りの部分に記載されている儒教談義に移ります。

第3節　手帳から読み取る儒教談義

例によって辞書に記載されている儒教の基礎知識の理解を筆者なりに凡人と辞書との対話形式で記述します。

凡人　儒教とはどんな学問ですか？
辞書　儒教は孔子の打ち立てた思想が元になり、その弟子たちによって深められていった学問です。
凡人　孔子とはどんな人物ですか？

辞書　今からおよそ2500年前の中国の思想家で哲学者です。神事を司っていた母親の「儒」の思想を体系化し、現実の社会に適応する道徳理論として「儒教」を成立させました。この孔子の言葉を弟子たちがまとめたのが「論語」です。

凡人　もっと詳しくその「儒教の教え」を教えて下さい。

辞書　孔子の基本理念は「仁」です。「仁」とは、概括すると「人を愛する事、他者への思いやり」という意味です。それぞれの個人が「仁」を体現する事により、社会に秩序が保たれるとされています。「仁」を実践するのは「礼」であると構築しました。

凡人　礼とは？

辞書　孔子は、人間は社会的生物である事を前提とし、感情を形として表すための規則や慣行である「礼」を構築しました。「礼」を実践する事により、家族が秩序立てられ、さらに家族を超えて社会が安定する事となるため、「礼」は社会規範となり、のちに政治理論としても発展してゆきます。

凡人　なんとなくわかります。

辞書　わかってもわからなくても、もう少し解説します。

儒教の最高の価値として「天」があります。「天」とは人間の価値の源泉とされているもので、物理的な天空や神格ではありません。天が命（めい）として人間に付与したものが「性」とされます。「性」とは、持って生まれた人間の本性の事です。性を与えた天は価値の源泉であるため、性は善なるものとされます。

凡人　だんだんわからなくなってきました。この儒教の教えは現代に役立つのです？

辞書　孔子が生きた春秋の時代も混迷の時代だったといいます。「いかに生きるべきか」を学問として体系化した孔子は、自らが「礼」によって「仁」を実践し、「聖人」を目指した生身の人間でした。道徳倫理学としての儒教は、世界でも類をみない、人間の心の動きを世の中に役立つ実践的な教えに落とし込んだ学問といわれています。いかに生きるかは、いかに仕事をするかにもつながる3000年を超える命題であるといえるのでしょう。

凡人　聖人とは？

辞書　儒教の目指す最高の人格は「聖人」です。「聖人」とは、この世に生きている生身の人間の完璧な存在の事を指します。その聖人を体現したのが孔子です。孔子が自分の内的成長を表した言葉が有名な次の言葉です。孔子は74歳まで生きましたが、その晩年に自らの軌跡を語ったものです。孔子の70歳の時の境地が聖人の状態です。

「我十有五にして学を志す。三十にして立つ。四十にして惑わず。五十にして天命を知る。六十にして耳順う。七十にして心の欲するところに従えども、のりをこえず」

凡人　私は今60代なので、何を聞いても怒りも驚きもありません。
　それで中野さんは聖人の境地に達していましたか？
辞書（…　沈黙　…）

以上を踏まえて手帳の記述に戻ります。

人間万事塞翁が馬　→　色即是空　→　泰然自若？
成せばなる　→　真剣に取り組めば出来ない事は無い　上杉鷹山
雨にも負けず　宮澤賢治
……
儒学　信賞必罰　→　法治国家
仁　→　惻隠の情　→　至適主義（性善説）
尊愛説　墨家　倫理的（名家）
無為説　道家　自然哲学（五行説）

戒名（生前）　啐啄院知翁正眼居士

ヨガと坐禅　カースト
皆違ってみんないい

緩和ケアの理解
Palliative care　治療不能患者へ の苦痛緩和
「医は仁術」
儒学で「仁」の中に入るのは医学のみ
孝悌は仁の本
惻隠は仁の端
医は仁術なり
↓　物理的　延命術だけでなく生命の輝きを与える力があると思う。
↓　絶望から立ち上がる力　……　生キテイテヨカッタ。
人生は楽しいか？　ブータン89％　日本39％

［筆者解説］
孝悌《こうてい》は仁の本

父母を敬って尽くし（孝）、兄など年長者を敬って尽くす（悌）事は、人間愛（仁）の基本である、という意味です。要するに、家族や年上の人間を尊重するような基本的な心から、人を愛し衆を愛する心が生まれてくるのだという事なのでしょう。伝統的に血縁、孝悌を重視していた中国人らしい考えだと思います。

仁には、愛としての仁と徳としての仁の二つがあると言われます。上記の文の仁は愛としての仁ですが、それを体得した君子は徳としての仁があるとされたようです。）

惻隠《そくいん》は仁の端

他人の事を痛ましく思って同情する心は、やがては人の最高の徳である仁に通ずるものです。人間の心の中には、もともと人に同情するような気持ちが自然に備わっているものですから、自然に従う事によって徳に近づく事が出来るのです。

やはり付け焼き刃の勉強をしても何となく分ったような気がするだけで、さっぱり分りません。

筆者の周辺には儒教の達人はいませんでした。誰か儒教を教えてくれる人はいませんか？　そして中野さんの心の中の葛藤を読み解いてくれる人はいませんか？

仏教談義、哲学談義と同じように儒教談義を全て読み解くにはもっと時間が必要です。が、敢えて読み解く必要も無いと思います。本著は儒学の専門書では無いのですから。しかしながら、中野さんが味わった世界の一部だけでも味わう事が出来たような気がします。

もう頭がパンクしそうだ。ここらで一区切りとして最後にまとめさせて下さい。

第4節　考察

ここまで中野さんの死に対する不安、葛藤を、仏教、哲学、儒学を通して考えてきました。筆者の理解の及ぶ範囲で「不幸にならないように生きる」中野さんの頭の中を覗いてみます。

人間はいつか死ぬと頭では理解していても、心の中で納得するには、やはりこの3つの力（仏教、哲学、儒学）が必要だったと思います。

特に哲学において中野さんは、我々医療者や家族、教え子、同僚らと生きた対話を通して、自分の思考の自由、概念の創造といった至高の価値を直接実現させながら、理性的な洞察という人間の尊厳そのものを活き活きと表現してきたと改めて思います。そして自分の考えを具体的に言葉で表現するために、仏教、儒教の力を借りたのではないでしょうか！

仏教的には「自他不二」→「梵我一如」に尽きると思います。我は私で肉体が滅しても転生して存在する。無数の細胞から出来ている肉体は無数の原子で出来ている。肉体・細胞・原子の根本原理は一つの同じ力と考える。よって、全てが差別、区別なく一つである。私は死んでも存在する。こう考える事で自分の死を納得されていたのだと思います。

そして緩和ケア病棟で過ごした時間に、「仁」をもって他人を愛し、他者への思いやりを示した事で、「礼」を実践してきた聖人のように穏やかに過ごす事が出来たと、我々に思わせるのではないでしょうか！

この考察を通して思い出した言葉があります。言葉を大切にする柏木哲夫先生の本の中にありました。それは、人間の「生命」には限りがあるが、人間の「いのち」には終りが無いという事です。柏木先生はこの事に、腎がんで亡くなった大阪大学の中川米造先生の言葉から気づきました。「私の生命は間もなく終焉を迎えます。しかし、私のいのち、すなわち私の存在の意味、私の価値観は永遠に生き続けます。ですから私は、死が恐くありません」非力な筆者は中野さんの手帳から真意を尋ねる事は難しかったのですが、ひょっとしたら中野さんも同じような感覚だったのではないでしょうか⁉

この2冊の手帳は中野さんの死に対する不安や葛藤を記していたのでは無く、そこから学問の力を借りて克服していった彼の心の軌跡だったと今では自信を持って言えます。これこそが緩和ケア病棟に入院した時の決意文の真意だったと思います。

緩和ケア病棟で最後の時間を過ごしている患者さん全員が、同じような悟りの境地を開いているとは思いません。しかし多かれ少なかれ、あるいは言葉で表現出来る、出来ないにかかわらず死に対する葛藤は持っていると思います。それを我々に積極的に話しかけて欲しいとは思いませんが、少しでも死に対する不安、葛藤を示すようなSOSサインに気づいたなら、その時こそ逃げずに時間をかけて話を傾聴したいと思いました。また傾聴する自信がつきました。

この事に気づかせてくれた中野さんは、やはり筆者にも命の授業をしてくれたのだと確信しました。改めてお礼を言います。ありがとうございました。

おわりに

2020年の晩春に、誰もが穏やかな最期だったと認める中野正三さんが、生きる事の葛藤を手帳の中に遺しているのを見た瞬間から彼の心の中を探ろうと思い立ち8ヵ月が過ぎました。

2冊の手帳から始めた作業が、次々と中野さんに関する資料が見つかるにつれ本書の構成が膨大になっていきました。特に手記に書かれていた3編の内容は筆者にとって衝撃的でした。そしてこの手記を世間一般に公開して、緩和ケア病棟で人生の最終段階を生きる人間が穏やかに生きるようになっていった過程やその秘訣を全国の人に知って頂き、手帳と併せて筆者が導き出した回答がこれで良かったのか皆さんにも考えて頂きたいと考えるようになりました。奥さんの智恵子さんも、中野正三さんのような生き方もある事を全国の人に知って欲しいと望んでいます。

中野さんは治療の施しようがない緩和ケアの身分となって、何の努力もなく煩悩から解脱した、煩悩の大部分は雲散霧消したと書いていますが、そんな事はありません。自分の努力で死の恐怖を超越していったのだと思います。がん哲学外来の樋野興夫先生は、「悩みを解決するのではなく、解消する」と説きます。まさに中野さんは終末段階のがん患者になって、治療不能な〝肺がん〟という事実を解決する事は出来ませんでしたが、生じてくる悩みを問わなくなって解消したのだと筆者は考えています。

本書の中で彼の心の中の葛藤やスピリチュアルな面を十分解き明かしたとは思いませんが、無駄な時間を過ごしたとはまったく思っていません。それどころか著者自身に仏教、哲学、儒教の勉強だけでなく、緩和ケアやコミュニケーションスキルを改めて見直す機会を与えてくれた事に感謝の意を申し上げたいと思います。これはまさにミルトン・メイヤロフの著書『ケアの本質　生きることの意味』（ゆみる出版）の中で述べられている「ケアの双方向性」と「ともに成長する関係である」事を筆者に証明してくれる事になりました。

医師になって40年、外科医から緩和ケアに携わるようになって約20年の時が流れました。今では緩和ケアは自分の天職だと考えています。そう思わせてくれた患者さんは中野さん始め、大勢いらっしゃいます。その一人一人に人生の物語があります。中野さんの物語を読まれた方は、緩和ケア病棟の実体が良くおわかり頂けたと信じています。決して死ぬための病棟ではありません。魂と魂の触れあう場所です。時には悲しい事もありますが、それよりも楽しい、嬉しい事が沢山あります。人を癒やすのは人だとまさに思います。

そのためにも緩和ケアは自分にない部分を補ってくれる多職種で行うべきだと、素直に思いました。多職種の多は多い方が良い！　そして患者さん自身の自己成長を見守る事こそが、緩和ケアの醍醐味と言えるでしょう。

この作品は前回の拙著「最後のカルテ記録」の反省を込めて出版しました。前著は、もっと多くの患者さんを載せたいという筆者と、もっと事例を絞った方が良いという編集者と話し合った結果、妥協して２１０症例を本に収録しました。初めての出版でしたが、出来あがった本を見てみると予想外に字が小さく本は厚く、これを読破するにはかなりの腕力が必要だろうと自分でも思いました。一人でも多くの人たちに看取りの現場を知って欲しいと思って書いたものですが、途中で読む事が辛くなった読者がいたかもしれません。今思えば編集者の言うとおり、さらに事例を絞った方が良かったと思います。

その反省を生かし今回は緩和ケアに携わる医療関係者だけでなく倦怠感のある患者さん、介護で付き添っているご家族の方、高齢者の方にも読みやすくしたつもりです。如何でしょう。

中野さんの人生の物語は手始めです。今後はさらに緩和ケア病棟で最後の日々を過ごした患者さんの人生の物語を描いてみたいと考えています。さしずめ中野さんと時を同じくして過ごした冨崎不二夫が候補です。彼は「今まで生きてきた中で今が一番幸せ」と言って旅立ちました。

最後に読者の皆さんに質問です。筆を置くにあたり、筆者自身の人間力は高まる結果となったでしょうか？　当然の事ながら筆者の人間力が完成したわけもなく、今後も最期まで人間力を高める旅は続けていくと誓います。ここまでお読み頂きありがとうございました。

この著書を脱稿するにあたり様々な方々に協力して頂きました。

特に仏教の面では、大分県豊後大野市乗蓮寺住職の村上正典氏、哲学の面では別府で「対話と人と読書」を主催されている志水健一氏に感謝申し上げます。志水氏には、現在筆者が活動しているがん哲学外来「大分ふぐカフェ」にもつながる「哲学カフェ」は、もともと1990年代にフランス、パリのカフェでマルク・ソルテという哲学者が難しい哲学の話を気軽に行う目的で始めたと教えて頂きました。

もちろん奥さんである中野智恵子さんに感謝するのは言うまでもありません。数多くの資料と思い出、手記を筆者に託してくれました。ありがとうございます。

あっ！　もう1人感謝すべき人がいました。「回想　中野さんとの日々」を執筆するにあたって、看護師の視点から言葉を寄せてくれた姫野弘美さんです。ありがとうございました。

その他、緩和ケア病棟の運営に携わって頂いた他職種の皆さんにも感謝申し上げます。皆さんがいなければ緩和ケア病棟は成立していませんでした。写真のどこかに写っていたらご免なさい。

最後にパレードブックスの鳴海貴仁氏に感謝いたします。本書の完成にあたり未熟な筆者に多くのアドバイスを頂きました。ありがとうございました。

２０２１年　啓蟄　半熟卵

（写真1）緩和ケア病棟での同窓会1

（写真2）緩和ケア病棟での同窓会2

（写真3）命の授業講演会1：体育館講堂

（写真4）命の授業講演会2：朝の目覚めのありがたさ

命の授業　～命の大切さ、有難さを学ぶ～
中野正三　先生
平成二十八年二月五日　於：稲葉学園　竹田南高等学校
命の授業

（写真5）命の授業講演会3：生きていてよかった

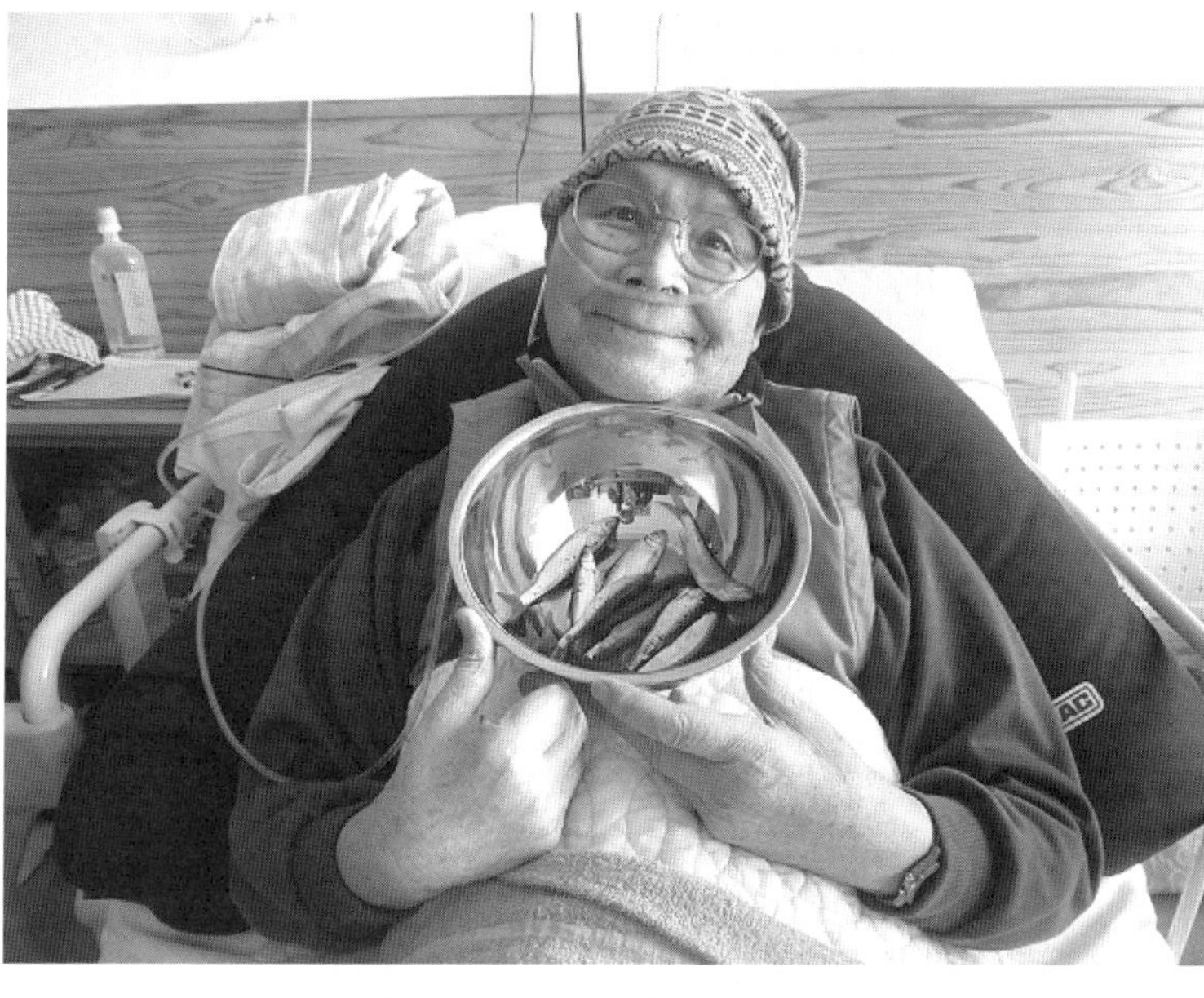

（写真6）こっそり自慢　ハエの釣果

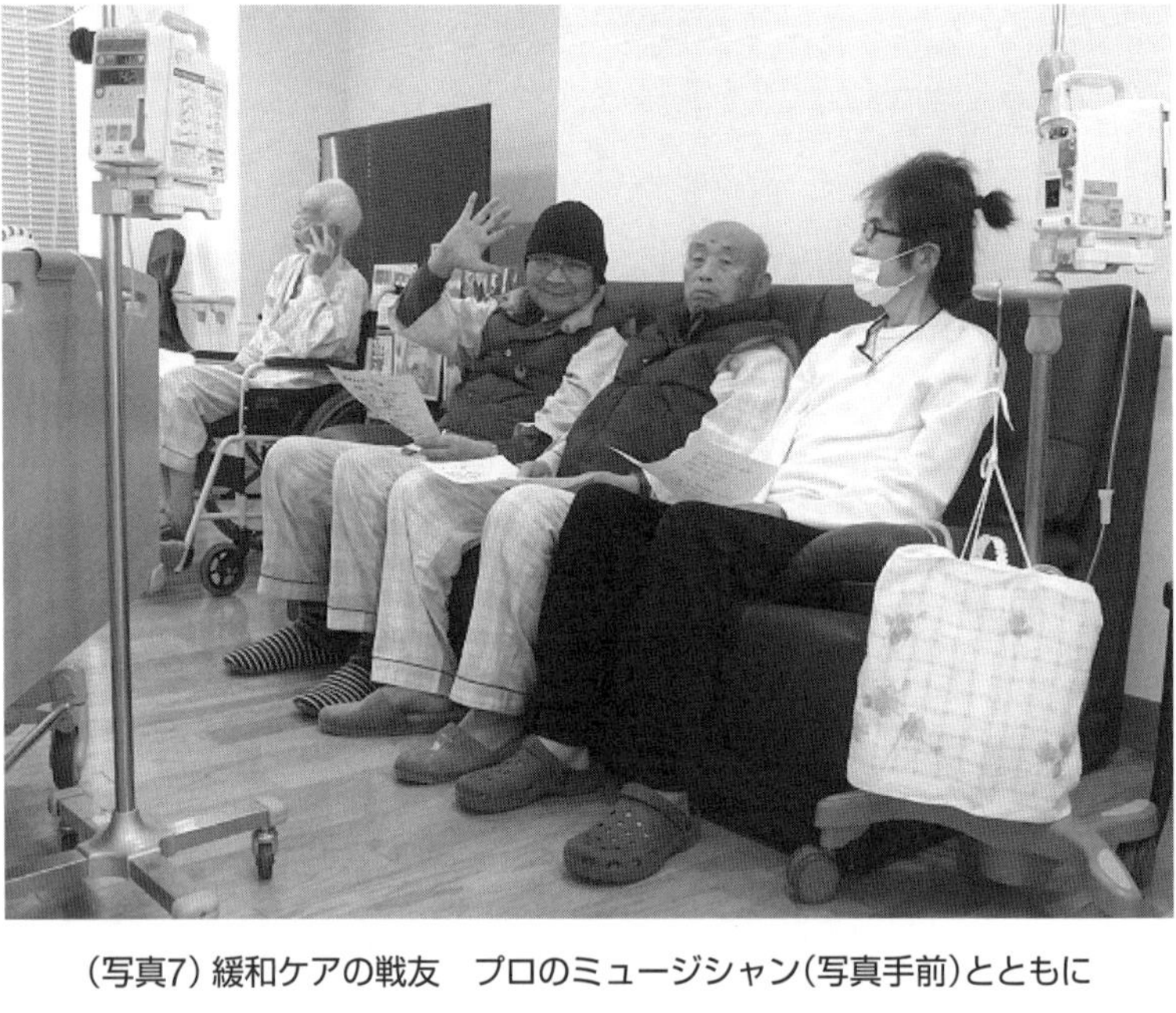

（写真7）緩和ケアの戦友　プロのミュージシャン（写真手前）とともに

（写真8）絵手紙　伝説の釣り師

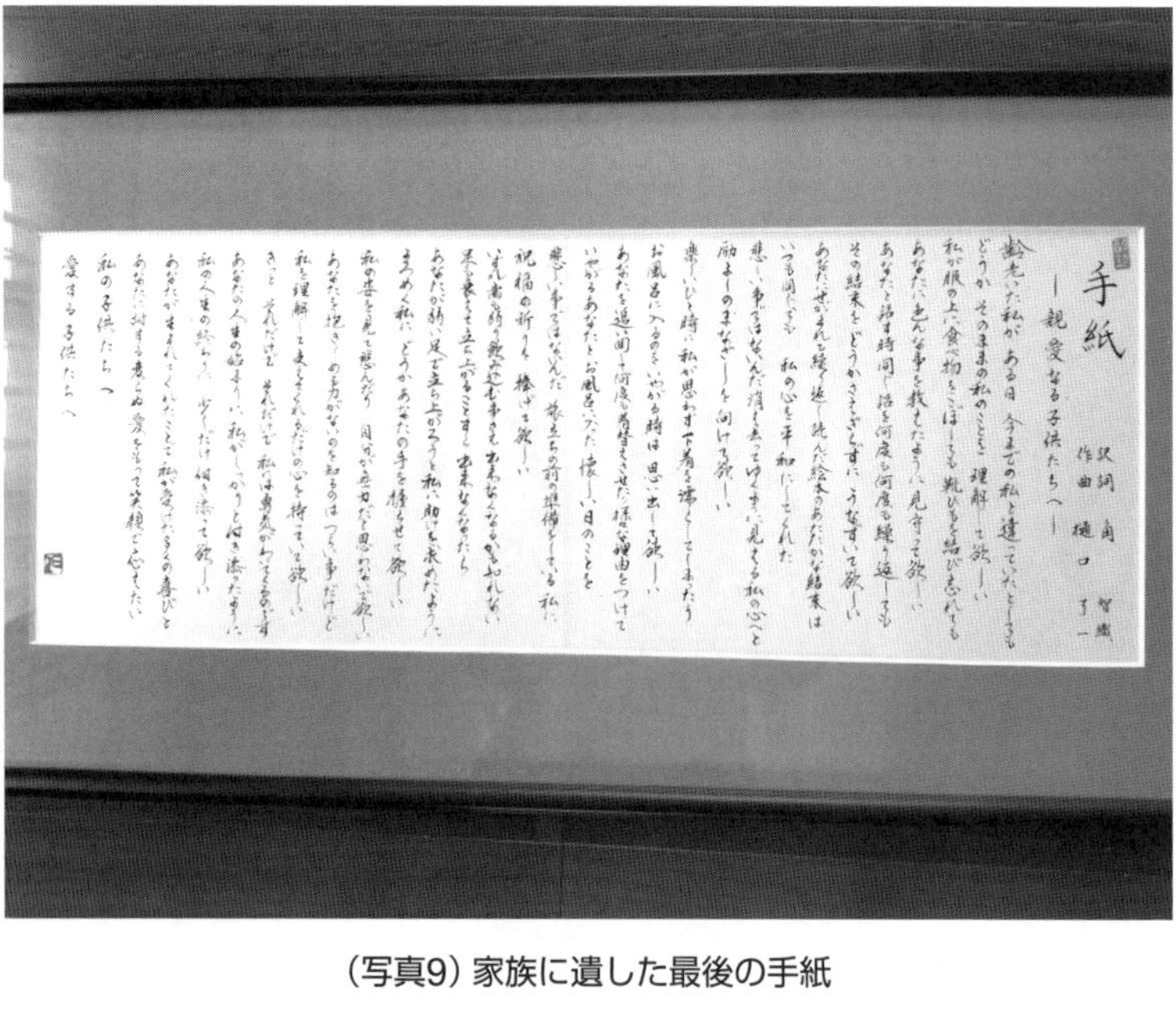

（写真9）家族に遺した最後の手紙

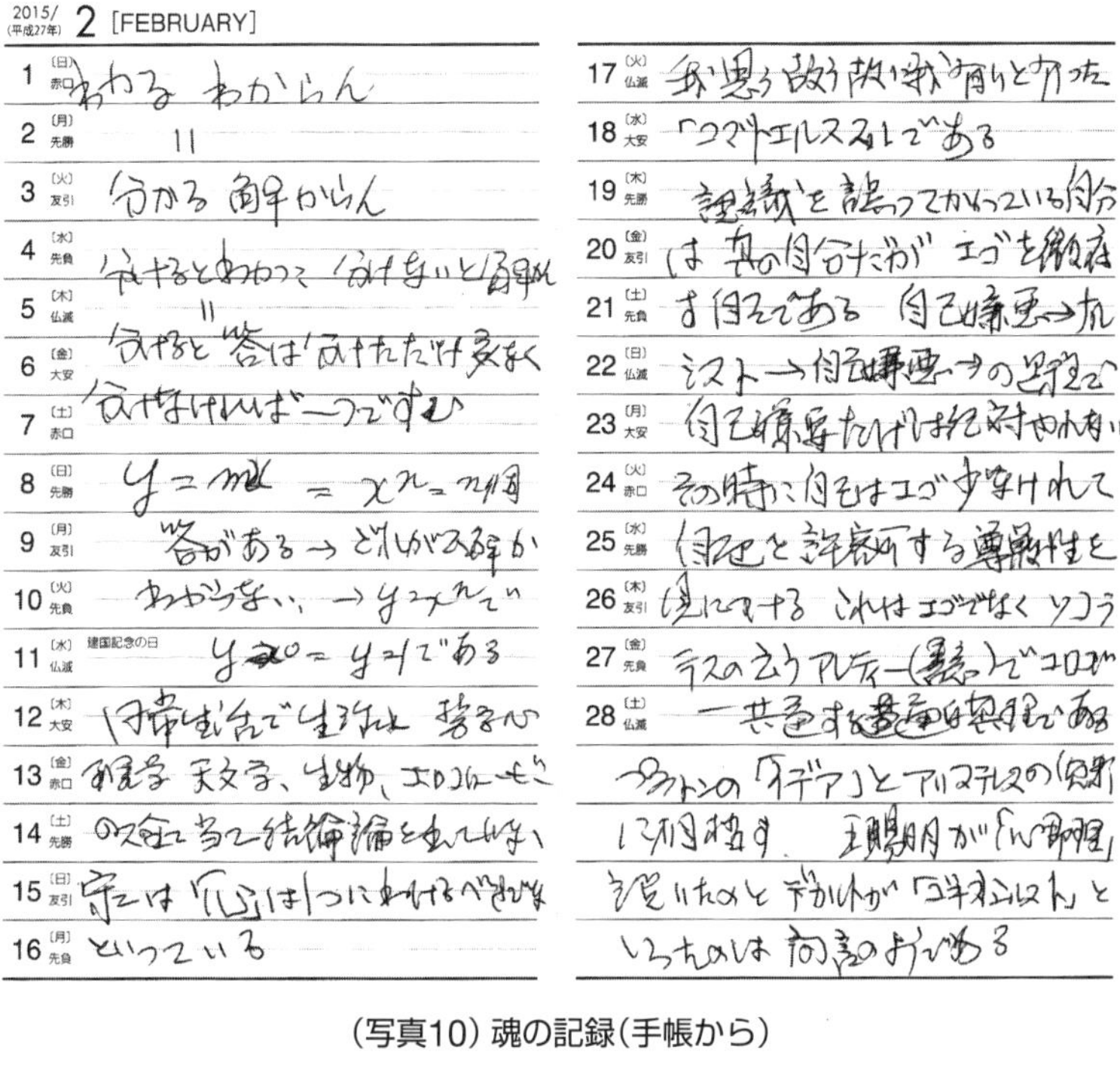

（写真10）魂の記録（手帳から）

■著者プロフィール

林 良彦（はやし よしひこ）

フリーランス緩和ケア医師。

1981年3月九州大学医学部卒業。

第1外科に入局後は「切って切って切りまくる生活」を続けてきた。しかし、患者さんの生命の予後は手術の成否によるものではなく元々持っていた患者さんの寿命に従うだけ、手術の目的は切除する事ではなく、患者さんを幸せにする事だと気づき、外科医から緩和ケア医に転身した。

いまでは緩和ケアは自分の天職と考えている。

「がんにはなったが幸せだった」

緩和ケア病棟で最後を過ごした
中野正三さんの人生の物語

2021年7月21日　第1刷発行

著　者　林良彦《はやしよしひこ》

発行者　太田宏司郎
発行所　株式会社パレード
　大阪本社　〒530-0043　大阪府大阪市北区天満2-7-12
　　　　　　TEL 06-6351-0740　FAX 06-6356-8129
　東京支社　〒151-0051　東京都渋谷区千駄ヶ谷2-10-7
　　　　　　TEL 03-5413-3285　FAX 03-5413-3286
　https://books.parade.co.jp
発売元　株式会社星雲社（共同出版社・流通責任出版社）
　　　　　　〒112-0005　東京都文京区水道1-3-30
　　　　　　TEL 03-3868-3275　FAX 03-3868-6588
装　幀　藤山めぐみ（PARADE Inc.）
印刷所　創栄図書印刷株式会社

『手紙～親愛なる子供たちへ～』P102-104、186
日本音楽著作権協会（出）許諾第2104709-101号

ISBN 978-4-434-29204-0　C0047